KB263070

Die Verwandlung
Franz Kafkas Erzahlungen

변신
카프카 단편선

Franz Kafkas

소담 클래식 007

변신 — 카프카 단편선

펴 낸 날 | 2025년 10월 31일 초 판 1쇄

지 은 이 | 프란츠 카프카
옮 긴 이 | 배인섭
펴 낸 이 | 이태권

편　　집 | 정지원, 박정호
북디자인 | 김혜수

펴 낸 곳 | 소담출판사
서울특별시 성북구 성북로5길 12 소담빌딩 301호 (우) 02880
전화 | 02-745-8566　　팩스 | 02-747-3238
등록번호 | 1979년 11월 14일 제2-42호
e - mail | sodambooks@naver.com
홈페이지 | www.dreamsodam.co.kr

ISBN 979-11-6027-500-1 (04850)
　　　979-11-6027-474-5 (세트)

- 책값은 뒤표지에 있습니다.
- 잘못된 책은 구입하신 곳에서 교환해드립니다.

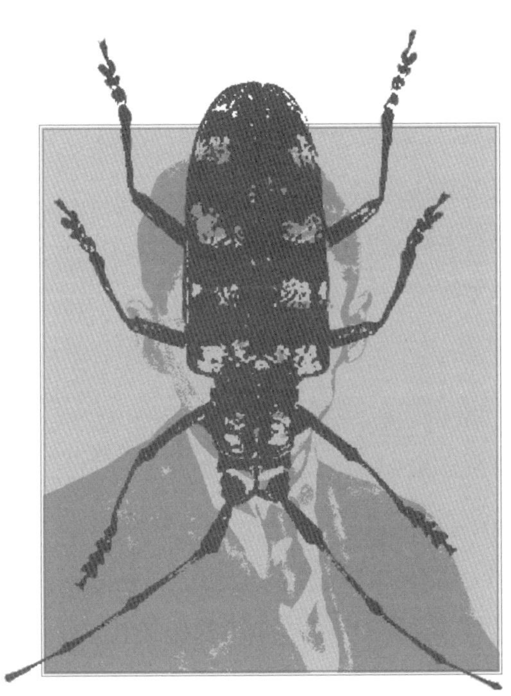

변신

카프카 단편선

프란츠 카프카

Franz Kafkas Erzahlungen

Franz Kafkas

나는 정말 외로워야만 합니다.
내가 이룩해 놓은 것은
단지 고독의 결과에 지나지 않습니다.
문학과 관계없는 모든 것을 증오합니다.

F. 카프카

CONTENTS

화부

Der Heizer

화부

✝

그의 가난한 부모는 열여섯 살의 카를 로스만을 미국으로 보냈다. 가정부가 그를 유혹해서 그의 아이를 낳았기 때문이다. 카를이 타고 있는 배는 벌써 상당히 속도를 늦춘 상태로 서서히 뉴욕 항구로 들어가고 있었다. 벌써 오래전부터 보아 온 자유의 여신상이 갑자기 훨씬 밝아진 햇빛을 받으며 서 있는 듯 보였다. 칼을 들고 있는 여신상의 팔은 새로운 느낌으로 우뚝 솟아 있었고, 여신상 주위로는 한가로운 바람이 불고 있었다.

"엄청 높군!"

카를이 혼잣말로 중얼거렸다. 그는 그 자리를 떠날 생각을 하고 있지 않았지만 짐을 진 사람들이 점점 더 불어나 그의 곁을 스쳐 가면서 조금씩 갑판 난간까지 밀려갔다.

배를 타고 오는 동안 그저 얼굴이나 익히는 정도로 알게 된 한 젊은이가 지나치면서 말했다.

"이봐요, 아직 내릴 생각이 없어요?"

“나도 이제 내려야지요.”

그를 보고 웃으며 카를이 말했다. 카를은 힘센 청년이었기 때문에 호기롭게 자기 가방을 어깨 위로 번쩍 들어 올렸다. 젊은이는 지팡이를 흔들면서 다른 사람들과 함께 벌써 저만치 멀어져 가고 있었다. 그 모습을 지켜보던 카를은 문득 아래층 선실에 우산을 두고 왔음을 깨닫고 깜짝 놀랐다. 별로 즐거워 보이지 않는 그 젊은이에게 잠시 가방을 맡아 달라고 부탁하고는 돌아올 때 제대로 길을 찾기 위해 주위를 한번 휙 둘러보고 서둘러 선실로 향했다. 아래층으로 내려와 보니 가야 할 길을 상당히 단축시켜 주었을 통로가 아쉽게도 잠겨 있었다. 처음 있는 일이었다. 승객 전원이 하선하는 일과 관계있는 듯했다. 그래서 카를은 어쩔 수 없이 수많은 작은 방들을 통과하고, 연달아 계속 나오는 짧은 층계들을 오르내리고, 계속 휘어져 있는 복도와 덜렁 책상 하나 놓여 있는 빈 방을 지나면서 힘들게 자기 길을 찾아야 했다. 그러다가 그는 결국 완전히 길을 잃고 말았다. 기껏해야 한두 번, 그것도 항상 많은 사람들 속에 파묻혀 오갔던 길이었기 때문이다. 어찌해야 할지 당황하였다. 주위에는 한 사람도 보이지 않았고, 머리 위에서는 계속해서 수많은 발자국 소리만 들려왔다. 멀리서 마치 숨소리처럼 이미 정지된 기관의 마지막 움직임이 느껴졌을 때, 마침내 그는 이리저리 헤매다 멈춰 선 자리에서 우연히 마주친 작은 문을 무턱대고 두드리기 시작했다.

"열려 있어요."

안쪽에서 이렇게 소리쳤다. 그러자 카를은 안도의 한숨을 내쉬며 문을 열었다.

"왜 그렇게 미친 듯이 문을 두드리는 거요?"

거대한 몸집의 남자가 카를을 한 번 쳐다보지도 않고 물었다. 어느 채광창에선가 이미 한참 전에 위층 갑판을 밝히느라 흐려진 빛이 초라한 선실로 스며들고 있었다. 선실에는 침대와 옷장, 의자 하나, 그리고 그 남자가 마치 창고에 저장된 물건들처럼 다닥다닥 붙어 서 있었다.

"길을 잃었어요."

카를이 말했다.

"배를 타고 오는 동안에는 전혀 몰랐었는데, 배가 정말 놀랍게 크네요."

"그래요, 정말 크지요."

남자가 조금은 자랑스러운 듯 말했다. 그러면서도 작은 가방의 자물쇠를 만지는 것을 멈추지 않았다. 자물쇠가 철컥하고 닫히는 소리를 듣기 위해 두 손으로 연방 자물쇠를 눌러 댔다.

“그러지 말고 안으로 들어와요!”

남자가 계속 말했다.

“바깥에 그렇게 서 있지 않아도 되니까.”

“방해가 되지 않을까요?”

카를이 물었다.

“에이, 무슨 방해가 되겠소!”

“독일인이에요?”

카를은 안전한지 좀 더 확인해 보려고 했다. 미국에 처음 오는 사람들이 특히 아일랜드 사람들한테 봉변을 당하곤 한다는 말을 많이 들었기 때문이었다.

“그래요, 그래.”

그 남자가 말했다. 그래도 카를은 머뭇거렸다. 그때 갑자기 남자가 문손잡이를 잡고 재빨리 문을 닫았다. 문에 떠밀린 카를은 어쩔 수 없이 남자 쪽으로 다가섰다.

“난 누가 복도에서 나를 들여다보는 것이 아주 싫어요.”

다시 가방을 만지면서 남자가 말했다.

“누구나 복도를 지나면서 한 번씩 들여다보는데, 그걸 어떻게 참을 수가 있겠어!”

“그렇지만 복도엔 아무도 없어요.”

침대 기둥 앞에 꼭 끼어 불편하게 선 채로 카를이 말했다.

"그래요, 지금은."

남자가 말했다.

'지금이 중요한 거지.' 카를은 생각했다. '같이 말하기 힘든 남자로군.'

"그러지 말고 침대에 누워요. 침대 위엔 그래도 자리가 있으니."

남자가 말했다. 카를은 되는대로 침대로 기어 들어갔다. 훌쩍 뛰어오르려던 첫 번째 시도에서 실패하고는 큰 소리로 웃었다. 그러나 침대에 오르자마자 이렇게 소리쳤다.

"아이코, 가방을 까맣게 잊고 있었군!"

"가방을 어디 두었는데 그러시오?"

"저 위 갑판에요. 어느 아는 사람이 맡아 두고 있어요. 가만있자, 그 사람 이름이 뭐더라?"

그러면서 카를은 어머니가 윗도리 안감에다 달아 주었던 비밀 주머니에서 명함을 꺼냈다.

"부터바움, 프란츠 부터바움."

"그 가방이 꼭 필요해요?"

"물론이지요."

"그래요, 그런데 왜 가방을 낯선 사람한테 맡긴 거요?"

"우산을 아래에다 놓아두고 올라가서, 다시 찾으려고 달려 내려온 겁니다. 그러다가 길까지 잃고 말았지요."

"당신 혼자요? 동행이 없어요?"

"네, 저 혼자예요."

'이 사람에게 의지하는 것이 좋겠는데, 어디서 더 나은 친구를 만날 수 있겠어.' 카를의 머릿속으로 이런 생각이 스쳐 갔다.

"그러면 이제 가방까지 잃어버린 셈이군. 우산은 말할 필요도 없고."

그러면서 남자는 의자에 앉았다. 카를의 일에 이제 조금 흥미가 생긴 모양이었다.

"그렇지만 가방은 아직 잃어버렸다고 생각하지 않아요."

"믿는 자에게 복이 있나니."

짧고 덥수룩한 검은 머리를 심하게 긁적거리면서 남자가 말했다.

"배를 타고 다니다 보면 항구마다 도덕적인 수준도 바뀌게 마련이요. 함부르크에서라면 당신의 부터바움이 가방을 지켜 주었겠지. 그렇지만 여기 뉴욕에서는 거의 틀림없이 사람과 가방 양쪽 모두 흔적도 없이 사라졌을 거요."

"그래도 어쨌든 곧바로 올라가 보아야겠어요."

카를은 이렇게 말하며 어떻게 방에서 나가야 할지 빙 둘러보았다.

"그냥 있어요."

남자가 말했다. 그러면서 한 손으로 카를의 가슴을 꽤나 거칠게 밀어 다시 침대에 주저앉게 만들었다.

"왜 그러는 거예요?"

카를이 화가 나 물었다.

"전혀 의미 없는 일이니까."

남자가 말했다.

"잠시 후에 나도 나갈 거요, 그때 함께 갑시다. 가방을 벌써 도둑맞았으면 어쩔 수 없는 일이고. 아니면 그 남자가 가방을 놓아두고 갔을 텐데, 그랬다면 사람들이 모두 내릴 때까지 기다려야 쉽게 찾을 수 있을 거요. 우산도 마찬가지고."

"이 배에 대해 잘 아시나요?"

카를이 미심쩍게 물었다. 배가 텅 비고 나면 그의 물건들을 아주 쉽게 찾을 수 있다는 생각은 분명히 옳은 얘기였다. 그렇지만 왠지 지금은 그 확실한 생각도 믿을 수 없을 것 같았다.

"나는 화부요."

남자가 말했다.

"당신이 화부라고요!"

기대를 훨씬 넘어선 대답이었는지 카를은 즐거운 목소리로 외쳤다. 그러고는 팔꿈치를 괴고 남자를 더 가까이서 자세히 훑어보았다.

"슬로바키아 사람과 잠을 잤던 선실 바로 앞에 창이 하나 있었는데, 기관실을 들여다볼 수 있었어요."

"그래요, 내가 거기서 일했소."

화부가 말했다.

"난 항상 기술에 관심이 있었어요."

곰곰이 뒤돌아 생각하면서 카를이 말했다.

"그리고 분명히 나중에는 기술자가 되었을 거예요. 미국으로 떠나와야 하지 않았다면 말이죠."

"그런데 왜 미국으로 와야 했소?"

"아, 그거요!"

카를이 말했다. 그러곤 손을 흔들어 그 모든 이야기를 끝내 버렸다. 말할 수 없으니 용서를 해 달라는 뜻인 것처럼 카를은 웃음 띤 얼굴로 화부를 바라보았다.

"무슨 이유가 있겠지."

화부가 말했다. 그 이유를 설명해 달라고 요구하는 것인지, 아니면 하지 말라는 것인지 판단하기 힘든 말이었다.

"이제 나도 화부가 될 수 있으면 좋겠어요."

카를이 말했다.

"부모님이야 이제 내가 무엇이 되든지 상관도 없을 테니까."

"내 자리가 빌 텐데."

화부는 이렇게 말하며 자신감 넘치는 모양으로 바지 주머니에 쑥 손을 넣었다. 남자는 잔뜩 주름진 철회색의 가죽 바지를 입고 있었다. 그리고 두 다리를 침대 위로 올려 길게 뻗었다. 카를은 벽 쪽으로 더 바싹 붙어야 했다.

"배를 떠나시게요?"

"그렇소, 우린 오늘 떠날 거요."

"그런데 왜요, 일이 마음에 들지 않나요?"

"그야, 그냥 이런저런 상황들이 있어요. 마음에 들고 안 들고 하는 것이 언제든 결정의 이유가 되는 것은 아니오. 어떻든 당신 말이 맞아요. 영 마음에 들지 않소. 아마 당신이 화부가 되고 싶다고 했던 말은 진지하게 생각하고 한 말은 아닐 거요, 하지만 만일 하고 싶다면 화부가 되는 건 아주 쉬운 일이오. 그러니 그만두라고 분명하게 충고하리다. 유럽에서 공부를 하고 싶었다면서, 왜 여기서는 공부하려고 하지 않는 게요? 미국의 대학들은 유럽의 대학들보다 비교도 안 될 만큼 좋다고 하던데."

"그럴 수도 있겠지요."

카를이 말했다.

"그렇지만 난 대학 공부를 할 돈이 한 푼도 없어요. 물론 낮에는 직장에서 일하고 밤에는 공부를 했다는 사람의 이야기를 읽은 적이 있어요. 그래서 박사도 되고 시장도 되었다고 알고 있어요. 그렇지만 그러려면 엄청난 인내심이 필요할 거예요. 그렇지 않아요? 나한테는 그런 인내심이 없는 것 같아요. 게다가 나는 특별히 우수한 학생도 아니었어요. 그러니 학교를 떠나는 것이 하나도 어렵지 않았던 거죠. 그리고 이 곳의 학교들은 더 엄격할지도 몰라요. 난 영어도 거의 못 해요. 더군다나 여기서는 타국 사람들을 좋지 않게 생각한다고 알고 있어요."

"벌써 그런 일을 겪어 봤소? 나 참, 그럼 좋아요. 그럼 당신은 내 편이겠군. 이것 보시오, 우리는 지금 독일 배에 타고 있소. 이 배는 함부르크-아메리카 해운 소속인데 어째서 모든 선원이 독일 사람이 아니오? 왜 일등 기관사는 루마니아 사람이냐고? 그의 이름은 슈발이오. 당최 생각할 수도 없는 일이지. 그런데 그 거지 같은 놈이 독일 배 위에서 우리 독일 사람들을 학대하기까지 하다니! 혹시 말이오……."

남자는 숨이 차서 헐떡대며 손을 흔들어 댔다.

"내가 이유도 없이 그저 불평만 하고 있다고 생각하지 말아요. 당신이 아무것도 해 줄 수 없는 가난한 청년이라는 것은 알고 있소. 그렇지만 이건 너무 심하단 말이지!"

그러고서 화부는 주먹으로 여러 번 책상을 쳤다. 그렇게 책상을 치면서 자기 주먹에서 눈을 떼지 않았다.

"나는 벌써 수많은 배에서 일을 해 왔소."

그러고는 스무 개의 배 이름을 마치 한 단어처럼 연속으로 읊어 댔다. 카를은 정신이 하나도 없었다.

"훌륭한 일꾼으로 칭찬도 받고, 선장들의 입맛에 맞는 일꾼이라 심지어는 한 상선에 몇 년을 있기도 했지."

화부는 그때가 인생 최고의 순간이라도 되는 것처럼 벌떡 일어섰다.

"그런데 여기 이놈의 낡은 배에서는 모든 일을 규칙대로만 해야 하고, 재미라곤 찾아볼 수가 없으니, 나는 여기서 정말 쓸모없는 인간이 되고 있소. 여기서 나는 슈발의 일에 방해만 되고 있소. 완전 게으름뱅이에다 쫓겨나기에 딱 맞는 일을 저질렀는데도 참 자비롭게 임금을 받고 있소. 왜 그런지 이해하겠소? 난 못 하오."

"그냥 참고 있으면 안 됩니다."

카를이 흥분해서 말했다. 그는 전혀 알지 못하는 대륙의

해안에 와서 어느 배의 불안한 바닥에 있다는 느낌을 거의 잊어버리고 있었다. 그만큼 이곳 화부의 침대 위에서 카를은 포근한 느낌에 빠져들었다.

"선장한테는 가 보았나요? 선장을 만나서 당신의 권리를 찾으려고 해 보았어요?"

"아휴, 가시오. 차라리 가 버려요. 당신과 함께 있고 싶지 않아요. 내 말은 제대로 듣지도 않고 충고부터 하겠다니. 내가 어떻게 선장한테 갈 수가 있겠소!"

그리고 화부는 지친 표정으로 의자에 다시 풀썩 앉고는, 두 손으로 얼굴을 감쌌다.

'무슨 더 좋은 충고가 있겠어.' 카를이 생각했다. 그러곤 여기서 기껏 생각해서 충고를 해 주어 봐야 멍청하다는 평가나 받으니 차라리 자기 가방을 찾으러 가는 편이 낫겠다고 생각했다. 카를에게 그 가방을 영원히 넘겨주면서 아버지는 농담으로 물었었다.

"얼마나 오랫동안 가지고 다니게 될까?"

그리고 지금 그 비싼 가방은 어쩌면 진짜 잃어버렸는지도 모른다. 유일한 위안이라면 현재의 상황에서 아버지가 아무리 수소문해 보려고 해도 가방을 잃어버린 사실을 거의 알 수 없다는 것이었다. 함께 배를 탔던 사람들이 말해 줄 수 있는 것이라곤 뉴욕에 도착할 때까지 카를이 가방을 가지고 있었다는 것이다. 그렇지만 가방 안에 들어 있던 물건들을 거의 사용하지 않았다는 점은 안타까웠다. 예를 들면 속옷은 벌써부터 갈아입었어야 했는데 그러지 않은 것이다. 말하자면 필요 없이 아낀 꼴이 된 것이다. 새로운 인생 역정을 시작하려는 판에 깔끔하게 옷을 입고 등장해야 할 텐데, 이제 꼼짝없이 지저분한 속옷을 입고 새로운 세상으로 나서야 했다. 그것을 빼면 가방을 잃은 것은 그다지 크게 속상할 것이 없었다. 그 가방 안에 든 것보다는 지금 입고 있는 옷이 더 좋았다. 가방 안의 옷은 그저 여벌로 챙긴 것으로 여행에 오르기 바로 전까지 어머니가 기워야 했을 만큼 낡은 옷이었다. 이때 가방에 베로나 살라미가 한 개 있었다는 것이 떠올랐다. 어머니가 특별 선물로 사 준 것이었다. 그렇지만 그는 아주 조금밖에 먹지 못했다. 배를 타고 오는 동안에는 식욕이 없기도 했거니와 삼등 선실에서 나누어 주는 수프만으로도 충분했기 때문이다. 그렇지만 지금은 그 소시지가 있었으면 하는 생각이 들었다. 화부에게 선물하기 위해서였다. 그런 사람들은 작은 것을 찔러 넣어 주는 것으로 쉽게 마음을 살 수 있기 때문이었다. 카를은 그런 것을 아버지를 통해 알았다. 아버지는 사업상 관련이 있는 낮은 직급의 직원들에게 담

배를 주어서 환심을 사곤 했다. 이제 카를이 선물할 만한 것이라곤 가지고 있는 돈밖에 없었다. 그렇지만 벌써 가방까지 잃어버린 마당이어서 당분간 그 돈에 손을 대고 싶지는 않았다. 다시 그의 생각이 가방으로 돌아왔다. 그리고 이제 그는 왜 자기가 항해하는 도중에 그토록 열심히 가방을 지켰는지 정말 이해할 수 없었다. 그렇게 쉽게 훔쳐 가도록 내버려둘 거면서 잠까지 자지 못하고 가방을 지켜 온 것이 우습기만 했다. 그는 지난 5일 밤을 떠올렸다. 그의 왼쪽으로 두 칸 건너 침대는 작은 슬로바키아 사람의 자리였다. 카를은 줄곧 그가 자기 가방을 노리고 있다고 의심했다. 이 슬로바키아 사람은 카를이 약해져서 결국 한순간이라도 잠에 빠져들기만을 기다리고 있었다. 그렇게 되면 낮 동안 놀이를 하는 것인지, 연습을 하는 것인지 늘 지니고 다니는 긴 지팡이로 가방을 훔쳐 가려는 속셈이었을 것이다. 낮에 보면 이 슬로바키아 사람은 아주 순진해 보였다. 그러나 밤이 되면 곧바로 변해서 자리에서 간간이 일어나 카를의 가방을 슬픈 표정으로 넘겨다보았다. 카를은 이런 사실을 아주 분명하게 알 수 있었다. 언제나 여기저기서 누군가가 살짝 불을 켰기 때문이었다. 이민자가 지니는 불안감 때문이었다. 그런 일은 배의 규정상 금지되어 있었다. 하지만 이민자들은 불을 몰래 켜고 이민 중개

소의 이해하기 힘든 안내문을 어떻게든 해석해 보려고 한 글자 한 글자 들여다보았다. 그런 불이 가까이 있으면 카를은 잠시 꾸벅꾸벅 졸 수 있었다. 그렇지만 불이 멀리 있거나, 완전히 어두울 때면 전혀 눈을 붙일 수가 없었다. 이렇게 가방을 지키려는 노력으로 그는 완전히 지쳐 버렸다. 그런데 이제 그 모든 노력이 완전히 물거품이 되었을지도 모르는 것이다. 이놈의 부터바움, 어디서고 한번 만나기만 해 봐라! 카를은 주먹을 꼭 움켜쥐었다.

이런 생각을 하는 순간, 이제까지는 완전히 고요하기만 했던 바깥 멀리 떨어진 곳에서 짧게 두드리는 소리가 조그맣게 들려왔다. 마치 어린아이들의 발자국 소리 같았다. 그 소리는 가까이 다가오면서 점점 커졌고, 이제 남자들의 조용한 행진 소리가 되었다. 통로가 좁으니 당연한 일이었겠지만 그들은 분명히 한 줄로 걷고 있었다. 그리고 철커덕하는 쇳소리가 났다. 무기를 다루는 소리 같았다. 침대에 누워 가방이며 슬로바키아 사람에 대한 모든 걱정에서 벗어나 막 편안한 잠에 빠져들기 직전이었던 카를은 깜짝 놀라 전혀 신경을 쓰고 있지 않은 화부를 툭 쳤다. 행렬의 선두가 바로 문 앞까지 이른 것 같았기 때문이었다.

"저들은 이 배의 악단이요."

화부가 말했다.

"위에서 연주를 하고 이제 짐을 싸러 가고 있는 거요. 이제 모든 일이 끝났으니 우리가 나가도 됩니다. 자, 갑시다!"

그는 카를의 손을 잡았고 방을 나서기 전 마지막 순간에 침대 위의 벽에서 액자에 넣은 성모 마리아의 그림을 떼어내 앞가슴 주머니에 넣었다. 그러곤 가방을 들고 카를과 함께 서둘러 선실을 나섰다.

"이제 사무실로 가서 그 신사분들에게 내 생각을 말해야겠소. 이제 승객도 다 하선했으니, 조심해야 될 필요도 없고."

화부는 이 말을 여러 가지 말투로 반복해서 말하며 걷다가 통로를 가로질러 가고 있는 쥐를 옆 발질로 걷어차려고 했다. 그렇지만 제때 구멍까지 뛰어간 쥐는 잽싸게 구멍 속으로 쏙 들어가 버렸다. 화부는 움직임이 상당히 느렸다. 긴 다리를 가지고 있기는 했지만, 너무나 무겁게 움직이고 있었다.

그들은 취사장을 지나갔다. 거기에선 여자들 몇 명이 일부러 국물을 마구 엎질러 더럽게 만든 앞치마를 두르고 커다란 물통에 들어 있는 그릇들을 닦고 있었다. 화부는 리네라는 이름의 여자를 오라고 불러서는 엉덩이에 팔을 두르고 함께 걸어갔다. 여자는 계속 그의 팔에 안겨 아양을 떨었다.

"이제 돈을 받으러 갈 거야. 함께 가지 않겠어?"

화부가 물었다.

"내가 뭐 하러 애를 쓰겠어, 그냥 돈을 받아서 나한테 가지고 와."

여자는 이렇게 대답하며 그의 팔 아래로 살짝 빠져나와 뛰어 달아났다.

"어디서 그런 예쁜 젊은이를 낚았데?"

여자가 다시 소리쳤다. 그렇지만 대답을 기대한 말은 아니었다. 일을 멈추고 있는 여자들 모두가 깔깔거리고 웃는 소리가 들렸다.

그렇지만 그들은 아무 대꾸 없이 계속 걸어가 어느 문 앞에 이르렀다. 문 위에는 작은 지붕 장식이 달려 있었고 기둥 대신에 작은 금장 여신상이 그 지붕을 떠받치고 있었다. 배의 설비치고는 정말 사치스럽게 보였다. 이제까지 한 번도 와 본 적이 없는 구역임을 카를은 금방 알았다. 아마도 항해 중에는 일등칸, 이등칸 승객들만 이용할 수 있는 공간인 듯했다. 그렇지만 지금은 배를 대청소하느라 입구를 차단했던 문들을 떼어 낸 상태였다. 실제로 그들은 이미 어깨 위에 빗자루를 메고 다니는 몇 명의 남자들을 만났고, 그 남자들은 화부를 보고 인사했다. 카를은 이 배의 엄청난 설비를 보고 놀랐다. 삼등 선실에서는 물론 그런 것을 알 길이 없었다. 통로를 따라서 전깃줄이 뻗어 나가 있었고, 계속해서 작은 종이 울렸다.

화부는 조심스럽게 문을 두드렸다. 그리고 안에서 "들어와요."라는 소리가 들렸을 때, 카를에게 손을 흔들어서 겁먹지 말고 들어가라는 표시를 했다. 카를은 방 안으로 들어가기는 했지만 문 앞에 서 있었다. 방에 나 있는 세 개의 창문으로 카를은 바다에서 파도가 출렁이는 모습을 보았다. 그리고 그 흥겨운 움직임을 보면서 카를의 가슴은 두근거렸다. 그 길었던 5일 동안 하루도 빠짐없이 바다만 보았던 일은 애초에 없었던 느낌이었다. 커다란 배들은 서로서로 교차하면서 그들의 무게가 허락하는 만큼만 파도를 따라 출렁거렸다. 눈을 작게 뜨고 보면, 이 배들은 마치 순전히 무게 때문에 흔들리고 있는 듯 보였다. 그 배들의 돛대마다 좁고 기다란 깃발이 매달려 있었다. 배가 움직이고 있는 탓에 팽팽하게 펴져 있기는 했지만 그래도 가끔씩은 펄럭거리기도 했다. 전함들에서 사격을 하는지 예포 소리가 들려왔다. 그리 멀지 않은 곳을 지나는 군함의 포신들은 철갑이 반사하는 빛으로 반짝거리면서 아래위로 흔들리고 있었다. 배들은 안전하고 매끄럽게 움직이기는 하지만 수평으로 떠가는 것은 아니었던 것이다. 작은 배들은 적어도 문 앞에 서서 보기에는 아주 멀리에서만 눈에 띄었다. 그 배들은 커다란 배들 사이의 열린 틈으로 무리 지어 달려 들어가는 것처럼 보였다. 그런 모든 장면들 뒤로 뉴욕이 버티고 서 있었다. 그리고 즐비하게 늘어선 마천루들의 수만 개 창문으로 카를을 바라보았다. 그랬다, 이 방 안에서 카를은 자기가 어디에 와 있는지를 알았다.

둥그런 탁자 앞에 신사 세 명이 앉아 있었다. 한 사람은 파란색 선원 복장을 입고 있는 고급 승무원이었고, 다른 두 사람은 항만청의 관리들로 검은 미국식 제복을 입고 있었다. 책상 위에는 여러 가지 서류들이 차곡차곡 쌓여 있었다. 고급 승무원이 손에 펜을 들고 가장 먼저 서류를 대강 훑어보았다. 다른 두 사람에게 넘겨주기 위해서였다. 그 두 사람 중에서 거의 쉬지 않고 이빨로 작은 소리를 내는 한 사람이 다른 동료에게 기록지에 받아 적도록 무언가 불러 주는 경우도 있었다. 그러나 보통은 그들이 넘겨받은 서류를 금세 읽고, 금세 요약하고, 곧바로 서류 가방에 집어넣었다.

창가에 놓인 책상 앞에는 한 작은 신사가 문을 등지고 앉아 커다란 장부를 처리하고 있었다. 그의 앞쪽으로 머리 높이에 튼튼하게 생긴 책 선반이 매달려 있었고, 선반 위에는 그런 장부들이 나란히 정리되어 있었다. 그의 곁에 놓여 있는 금고는 열려 있었고, 척 보기엔 비어 있는 듯했다.

두 번째 창문은 가리고 있는 것이 없어서 가장 전망이 좋았다. 그러나 세 번째 창문 근처에는 두 신사가 서서 크지 않은 목소리로 대화를 나누고 있었다. 창문 옆에 기대어 서 있는 한 사람은 승무원복을 입고 있었고, 칼자루를 만지작거리고 있었다. 그와 대화를 나누고 있는 사람은 창문을 바라보고 서 있었다. 가끔씩 그가 움직일 때마다 마주 서 있는 남자의 가슴에 길게 달린 훈장들이 조금씩 보였다. 그는 민간인이었고, 얇은 대나무 지팡이를 들고 있었다. 그런데 그 남자가 두 손을 엉덩이에 꼭 붙이고 있었기 때문에 그 지팡이는 마치 칼처럼 삐죽이 나와 있었다.

카를은 모든 것들을 자세히 바라보기에 충분한 시간을 가질 수 없었다. 금세 급사가 그들에게 다가와 '이 사람은 뭐야?' 하는 시선으로 화부에게 무엇을 원하는지 물었기 때문이다. 화부는 급사가 물어보던 목소리와 마찬가지로 나지막하게 회계 주임을 만나고 싶다고 대답했다. 급사는 손을 흔들어 그의 선에서 벌써 화부의 청을 거절했지만, 아주 크게 원을 그려 둥근 탁자를 피하고, 발끝으로 살금살금 걸어서 장부를 처리하고 있는 신사에게로 갔다. 신사는 급사의 말을 들으면서 잠시 마비된 듯 꼼짝도 하지 않았다. 누구나 느낄 수 있을 정도로 분명한 모습이었다. 그러고는 마침내 자신을 만나겠다고 말한 남자를 돌아보고는 화부를 쫓아 버리기 위해 손을 흔들어 댔다. 그리고 확실하게 하기 위해 급사에게도 손을 흔들었다. 그러자 급사는 얼른 화부에게 돌아와 그에게 무언가 당부하는 목소리로 말했다.

"즉시 방에서 나가세요!"

이런 대답을 듣고서 화부는 카를을 지그시 내려다보았다. 카를을 말없이 고충을 토로하고 있는 자기 마음쯤으로 생각하고 있는 듯했다. 카를은 깊이 생각해 보지도 않고 무작정 앞으로 나서서 고급 승무원의 의자를 가볍게 스칠 정도로 곧장 방을 가로질러 달려갔다. 급사가 넓게 팔을 벌리고 몸을 숙인 채 달려왔다. 마치 벌레를 잡으려는 듯한 모습이었다. 그렇지만 회계 주임의 책상까지 먼저 도착한 사람은 카를이었다. 그리고 그는 급사가 끌어내려고 할 경우에 대비해서 책상을 꼭 잡고 있었다.

곧바로 온 방 안이 웅성거리기 시작한 것은 당연했다. 책상 앞에 앉아 있던 고급 승무원은 벌떡 일어섰고, 항만청 관리들은 느긋하지만 주의 깊게 바라보았다. 창가의 두 신사는 나란히 앞으로 나섰다. 높으신 분들께서 관심을 보인 마당에 더 이상 자기가 있을 자리가 아니라고 생각한 급사는 뒤로 물러섰다. 문 앞의 화부는 잔뜩 긴장을 하고서 자기의 도움이 필요한 순간을 기다렸다. 마침내 회계 주임이 등받이 의자에 앉은 채로 휙 몸을 돌렸다.

카를은 사람들 앞에서 드러내야 한다는 걱정은 조금도 하지 않고 비밀 주머니에서 여권을 꺼내 들었다. 그러곤 아무 설명도 없이 그냥 펼쳐서 책상 위에 올려놓았다. 회계 주임은 그의 여권에 별 관심이 없는 듯 보였다. 그는 여권을 두 손가락으로 톡 쳐서 옆으로 밀어 버렸다. 그러자 카를은 이런 형식적인 절차를 만족스럽게 끝냈다는 표정으로 여권을 다시 집어넣었다.

"말씀드리고자 하는 것은."

그가 말하기 시작했다. "제 생각에 여기 화부 선생이 불공정한 일을 당하고 있다는 겁니다. 이 배에 슈발이라는 사람이 있습니다. 이 화부 선생의 상급자입니다. 화부 선생은 여러분에게 지금 당장이라도 그 이름을 알려 드릴 수 있는 여러 배에서 이미 훌륭하게 근무한 바 있습니다. 성실하게 일하는 데다 자기 일을 좋아했습니다. 그런데 왜 도대체 하필이면 이 배에서, 상선이나 다른 배에 비해서 일이 그렇게 어렵지도 않은 이 배에서, 제대로 적응하지 못하는 것일까요? 정말 쉽게 이해할 수 없는 일입니다. 아마도 그것은 그의 승진을 방해하고, 의당 받아야 할 능력에 대한 인정을 가로채는 모함 때문일 것입니다. 저는 이 일에 대해 일반적인 사항만을 말씀드렸습니다. 저분이 겪는 특별한 어려움은 저분이 직접 여러분에게 말씀드릴 것입니다."

카를은 방 안의 모든 신사들을 둘러보며 이 말을 했다. 실제로 모든 사람들이 듣고 있기도 했거니와, 꼭 회계 주임한테 기대하기보다는 모든 이들 중에서 정의를 찾아 주는 사람을 찾는 편이 훨씬 가능성이 많다고 생각했던 것이다. 나아가 화부를 바로 방금 전에 처음 알게 됐다는 말을 하지 않은 것도 아주 똑똑한 처사였다. 대나무 지팡이를 들고 있는 신사의 상기된 얼굴빛을 처음 대하고 당황하지 않았다면, 카를은 훨씬 더 멋지게 말을 할 수 있었을 것이다.

"한 마디 한 마디가 다 맞는 말이에요."

누가 그에게 묻기도 전에, 아니 누군가 그를 쳐다봐 주기도 전에 화부가 먼저 말했다. 이런 화부의 성급함은 훈장을 달고 있는 남자가 화부의 말을 들어 주겠다고 마음먹지 않았더라면 아주 커다란 실수가 되었을 것이다. 그 신사는 지금 막 카를이 느끼게 된 것처럼 이 배의 선장임에 분명했다. 선장은 손을 뻗어서 화부를 불렀다.

"이리 오시오!"

단번에 끝을 내겠다는 굳은 목소리였다. 이제 모든 것은 화부의 태도에 달려 있었다. 화부의 일이 정당하다는 것에 대해서는 털끝만치도 의심하지 않았다.

다행히 이 순간에 화부가 이미 세상에서 체득한 많은 경험이 발휘되기 시작했다. 배우고 싶을 만큼 차분하게 그는 자신의 작은 가방에서 한 뭉치의 서류와 메모장을 꺼내 들었다. 그리고 너무나 당연하다는 듯 회계 주임을 완전히 무시하고 선장에게 가서 창턱 위에 그 증거 자료들을 펼쳐 놓았다. 회계 주임은 이제 직접 나서지 않을 수 없었다.

"저 사람은 아주 유명한 불평꾼입니다."

그가 해명하는 투로 말했다.

"기관실보다 사무실에 와 있는 시간이 더 많지요. 저 사람은 차분하고 묵묵한 슈발을 완전히 절망하게 만들었어요. 제발 좀 그만둬요!"

화부를 향해 소리쳤다.

"이렇게 막 밀고 들어오다니 이거 정말 너무 심하잖아. 당신 임금 지불소에서 쫓겨난 게 벌써 몇 번이오? 완전히 말도 안 되는 요구들을 하니까 그렇게 되는 거 아니오! 그렇게 되면 또 거기서 곧바로 회계 본부로 쪼르륵 달려오곤 했잖소! 슈발이 당신의 직속상관이니까 그와 잘 타협해야 한다고 좋은 말로 얘기한 게 벌써 몇 번이오! 그런데 이제 또 여기를

오다니, 그것도 선장님이 계신 자리에. 선장님까지 귀찮게 해
드리다니 창피하지도 않소? 거기에다 그 말도 안 되는 모험
을 하려고 뻔뻔스럽게 이런 어린 사람을 막무가내 바람잡이
로 데려오다니. 난 이 배에서 이 사람을 본 적도 없소!"

카를은 확 달려들고 싶은 마음을 가까스로 억누르고 있
었다. 그렇지만 어차피 다음 말을 꺼낸 사람은 선장이었다.

"어디 저 사람 말을 한번 들어 봅시다. 슈발은 어차피 점점
제멋대로 구는 것처럼 보이니까. 그렇다고 내가 당신 편을 들
어서 말하는 것은 아니오."

마지막 말은 화부에게 한 것이었다. 선장이 즉시 화부 편
을 들 수 없는 것은 너무나 당연한 일이었다. 그렇지만 모든
일이 올바른 방향으로 흘러가고 있다고 생각되었다. 화부는
자기 입장을 해명하기 시작했다. 슈발에게 '씨'라는 호칭을
붙이면서 처음부터 자기 감정을 잘 조절하고 있었다. 카를은
어찌나 기쁘던지 회계 주임의 빈 책상 앞에 서서 아주 만족
스럽게 우편 저울을 여러 번 계속해서 눌렀다. 슈발 씨의 처
사는 옳지 않다! 슈발 씨는 외국인을 더 좋아한다! 슈발 씨
는 화부를 기관실에서 쫓아내고 절대로 화부가 할 일이 아
닌 화장실 청소만 시킨다! 심지어 한번은 슈발 씨의 실력이
의심스러운 적도 있었다. 슈발 씨의 실력은 겉보기에만 그럴

싸할 뿐 실제와는 다르다. 이 자리에서 카를은 온 힘을 다해서 선장을 바라보았다. 마치 그의 동료라도 되는 것처럼 정다운 눈빛으로. 다소 거칠고 졸렬한 표현 방법 때문에 선장이 화부에게 불리한 쪽으로 생각하지 않을까 걱정되었기 때문이다. 화부는 여전히 말을 많이 하고 있었지만 정작 중요한 말은 하나도 없었다. 비록 선장은 여전히 화부를 보아 주고 있고, 이참에 화부의 말을 끝까지 들어 주겠다는 결심을 눈 안 가득 품고 있다고 해도, 다른 사람들은 벌써 조급해지기 시작했다. 또한 화부의 목소리는 이 방 안에서 더 이상 사람들을 두렵게 할 만큼 절대적인 힘을 갖고 있지 못했다. 가장 먼저 민간인 복장의 신사가 지니고 있던 대나무 지팡이를 움직이더니, 가볍게 마룻바닥을 두드렸다. 당연히 다른 사람들의 시선이 그리로 향했다. 분명히 일이 급해 보이는 항만청 관리들은 아직 조금 정신이 없기는 했지만 다시 서류를 집어 들고 열심히 뒤적이기 시작했다. 그들과 함께 일하던 고급 승무원은 다시 그의 자리로 돌아갔고, 이 게임은 이긴 것이라고 믿게 된 회계 주임은 한심하다는 듯이 깊은 한숨을 쉬었다. 모두의 관심이 사라져 가는 마당에 급사만이 화부의 말에 귀를 기울여 주고 있었다. 높으신 분들에 둘러싸여 있는 한 가난한 남자의 괴로움을 어느 정도 공감하고 있는 듯했고, 카를에게 마치 무엇인가 해명해 주고 싶다는 듯 진지하게 고개를 끄덕였다.

그사이에도 창문 앞에서는 항구의 생활이 계속 펼쳐지고 있었다. 산처럼 높게 통을 싣고 있는 넓적한 화물선이 보였다. 통들은 굴러떨어지지 않도록 기막히게 쌓아야 했다. 화물선은 지나가면서 방 안이 거의 어두워지도록 그늘을 드리웠다. 작은 모터보트도 보였다. 자세히 들여다보고 싶었지만 지금 카를에게는 아쉽게도 그럴 시간이 없었다. 키를 잡고 똑바로 서 있던 남자가 몸을 한 번 꿈쩍하자 보트는 줄을 따라가듯이 일직선으로 내달렸다. 독특한 모양의 부표들이 자연스레 출렁이고 있는 바다 여기저기서 불쑥불쑥 나타났다. 카를이 놀라서 보려고 하면 파도가 휙 덮치고, 그러면 부표는 다시 물속으로 모습을 감췄다. 대양을 건너는 증기선의 상륙용 보트들은 열심히 노를 젓는 뱃사람들의 힘으로 앞으로 쭉쭉 나아가고 있었다. 누군가 마구 밀어 넣은 것처럼 여행객들은 보트를 가득 채우고 있었다. 상당수가 계속 바뀌는 주변의 경관을 따라 머리가 돌아가는 것은 어쩔 수 없었지만, 그래도 대부분 기대에 찬 표정으로 조용히 앉아 있었다. 끝이 없는 움직임, 불안! 새로운 세상을 향해 움직이는 막막한 사람들과 그들의 삶에 불안감이 스며들고 있었다.

　　그러나 다른 사람들은 모두 빨리 말하라고, 명확하게 말하라고, 더 정확하게 설명하라고 다그쳐 댔다. 그렇다면 화부는 뭘 하고 있는 걸까? 당연히 땀을 뻘뻘 흘리면서 횡설수설하고, 창틀에 놓았던 종이들은 손이 너무 떨려서 더 이상 잡을 수조차 없는 상태였다. 사방에서 슈발에 대한 불만들이 화부를 향해 몰려왔었다. 그의 생각대로라면 그중 한 가지 이유만으로도 슈발을 완전히 매장시킬 수 있었다. 그렇지만 그가 지금 선장에게 보여 줄 수 있는 것은 그 모든 불만들을 한꺼번에 뒤죽박죽 섞어 놓은 슬픈 형상뿐이었다. 벌써 한참 전에 대나무 지팡이를 들고 있는 신사는 천장을 올려다보며 가볍게 휘파람을 불고 있었고, 항만청 관리들은 고급 승무원을 책상 앞에 앉히고 다시는 놓아주지 않겠다는 표정을 짓고 있었다. 회계 주임은 척 보기에도 선장이 느긋한 상태이기 때문에 어쩔 수 없이 끼어들지 않고 있었고, 급사는 매 순간 잔뜩 긴장한 상태로 화부와 관련해서 선장이 명령을 내리기를 기다렸다.

　　그렇게 되자 카를은 더 이상 바라보고만 있을 수가 없었다. 서서히 사람들이 모여 있는 곳으로 다가갔다. 점점 속도를 높여 걸어가면서 어떻게 하면 이 일을 최대한 현명하게 처리할 수 있을까 생각했다. 이제는 정말 막바지에 이르렀다. 그들 두 사람이 사무실에서 제대로 빠져나갈 수 있기 위해 무언가 해 볼 수 있는 시간은 아주 조금밖에 남아 있지 않은 것이다. 선장은 좋은 사람인 듯했다. 게다가 지금 카를이 보기에는 정의로운 상사의 모습을 보여야 할 특별한 이유가 있는 듯했다. 그렇지만 어떤 상황이라 해도 결국에 선장은 함부로 가지고 놀 수 있는 도구가 아니었다. 그런데 지금 화부는, 물론 무한정 북받치는 감정 때문이기는 하지만, 마치 그런 도구를 다루듯이 선장을 대하고 있었다.

마침내 카를은 화부에게 말했다.

"좀 더 간결하고, 명확하게 설명해야지요. 선장님께서는 지금 말씀드리고 있는 그런 이야기는 인정하실 수가 없어요. 기관실 직원들이며 막일꾼의 이름이나 세례명까지 다 아시겠어요? 그런 이름들을 그렇게 마구 주워섬기면 누구 애길 하는 것인지 선장님이 바로 알아들으실 수가 있겠냐고요? 겪고 있는 어려운 점을 잘 정리해서 가장 중요한 것부터 먼저 말씀하시고, 그다음에 다른 것을 말씀하셔야죠. 어쩌면 그런 것은 아예 말씀드릴 필요조차 없을지도 모르잖아요. 저에게는 항상 명확하게 설명하셨잖아요!"

미국에 가방을 훔쳐 가는 도둑이 있을 수 있다면, 가끔 거짓말을 할 수도 있는 거야, 그렇게 생각하며 카를은 죄책감을 덜었다.

그런데 과연 그런 말이 도움이 될 수 있었을까! 혹시 벌써 너무 늦은 것은 아닐까? 화부는 익숙한 목소리를 듣고서 즉시 말을 멈추기는 했지만, 모욕을 당해 일그러진 명예와 끔찍한 기억과 현재의 극단적인 위기로 인해 줄줄 흘러내리는 눈물로 뒤범벅이 되어 있어서 카를을 제대로 알아볼 수가 없었다.

'이제 와서 바꾸어 본들…….' 카를은 이제 입을 다물고 있는 화부 앞에서 말없이 이런 생각을 했다. '이제 와서 갑자기 말하는 방식을 바꾸어 본들 무슨 소용이 있으랴.' 화부는 조금도 인정받지 못한 채 말해야 했던 모든 것을 다 말해 버린 것처럼 보였고, 다른 한편으론 아무것도 말하지 않은 것과 같았고, 그렇다고 지금 다시 신사들에게 모든 말에 귀를 기울여 달라는 지나친 요구를 할 수도 없는 것이다. 그런데 그런 순간에 유일하게 그의 편이라고 생각한 카를이 다가온다. 좋은 충고를 해 주려는 것이다. 그렇지만 그는 그 대신 화부에게 모든 일을, 모든 일을 망쳤다고 말하고 있었다.

'창밖을 바라보고 있지 말고 좀 더 일찍 나섰어야 했는데.' 화부 앞에서 고개를 떨어뜨리고 손으로 바지 솔기를 매만지면서 카를은 이렇게 생각했다. 모든 희망이 사라졌다는 신호였다.

그러나 화부는 그런 모습을 오해하고, 카를이 어떤 이유에서 자책하고 있다고 추측했으며, 카를이 그러지 않도록 하겠다는 좋은 의도에서, 이제 카를과 말다툼을 벌이기 시작했다. 그가 이 방에 들어와 벌인 행동의 압권을 연출하고 있는 것이다. 둥근 책상 앞의 신사들은 한참 전부터 필요 없이 시끄러워서 그들의 중요한 일에 방해가 된다고 화가 나 있고, 회계 주임은 점차 선장의 인내를 이해할 수 없다고 생각하며 금방이라도 달려들 듯 준비하고 있고, 급사는 다시 완전히 상전들의 편에 서서 화부에게 사나운 눈초리를 보내고 있고, 가끔씩 선장이 친밀감을 듬뿍 담은 시선을 건네고 있는 대나무 지팡이의 신사는 벌써부터 화부의 일에 완전히 냉담해지고 싫증이 나서 작은 수첩을 꺼내 들었다. 틀림없이 화부의 일과는 전혀 관계없는 행동이었다. 신사의 눈은 수첩과 카를 사이를 오락가락 번갈아 보았다.

"알았어요, 저도 알고 있다고요."

카를이 말했다. 화부의 분노가 일으키는 파도는 이제 방향을 바꿔 카를을 향하고 있었다. 그 파도를 막아 보려고 무던히 노력하고 있는 카를은 계속되는 말다툼에도 여전히 화부에게 친절한 미소를 보여 주고 있었다.

"선생이 옳아요, 그렇지요. 전 절대 선생의 말을 의심하지 않았어요."

카를은 맞을까 무서워서 마구 휘두르는 화부의 두 손을 잡고 싶었다. 아니, 할 수만 있다면 그를 한쪽 구석으로 밀어붙이고 싶었다. 그러고서 아무도 들을 수 없는 나직한 목소리로 흥분을 가라앉혀 줄 말 몇 마디라도 그에게 속삭여 주고 싶었다. 그러나 화부는 고삐 풀린 망아지처럼 날뛰고 있었다. 카를은 급한 경우 화부가 완전한 절망에서 솟구쳐 나오는 힘으로 이 방의 일곱 남자 모두를 제압할 수 있을 거라는 생각을 하면서 이제 심지어 일종의 위안을 얻는 듯 느끼기 시작했다. 물론 언뜻 보아도 알 수 있듯이 책상 위에는 전선으로 연결된 아주 많은 단추들이 줄지어 달려 있었다. 그 단추들을 누르기만 하면 화부에게 적대감을 가진 사람들이 복도마다 몰려나와 폭동이 일어난 것처럼 배 전체에 득시글하게 될 것이다.

그때 여태까지 아무런 관심도 보이지 않던 대나무 지팡이의 신사가 카를에게 다가와 크지 않은, 하지만 화부가 소리소리 지르는 것보다 오히려 더 또렷하게 들리는 목소리로 물었다.

"당신의 이름은 뭐요?"

이 순간, 마치 대나무 지팡이를 든 신사의 이런 말을 기다리기라도 했다는 듯, 누군가 문을 두드렸다. 급사는 선장을 바라보았고, 선장은 고개를 끄덕였다. 그러자 급사가 달려가서 문을 열었다. 문밖에는 낡은 예복을 입고 있는 중간 체격의 한 남자가 서 있었다. 겉모습으로는 기관실 일에 어울리지 않는 사람이었다. 바로 슈발이었다. 카를은 모든 사람들의 눈에서 다행이라고 생각하는 마음을 읽어 낼 수 있었다. 그러나 만일 그때 카를이 화부 쪽을 보았다면 화부의 모습에 놀라지 않을 수 없었을 것이다. 화부는 팔에 잔뜩 힘을 끌어모으곤 주먹을 단단히 말아 쥐고 있었다. 그것이 그에게서 가장 중요한 것이라는 듯이, 그것을 위해서라면 인생 전부를 기꺼이 희생시킬 수도 있다는 듯이. 지금 그의 주먹에는 일이 어떻게 되든 그를 꿋꿋하게 만들어 주는 그가 지닌 모든 힘이 숨어 있었다.

그리고 거기엔 적이 있었다. 말끔하게 예복을 입고, 옆구리에는 화부의 임금 지불 목록과 작업 증명서처럼 보이는 장부를 끼고 있었다. 슈발은 우선 방 안에 있는 사람들 하나하나의 분위기부터 확인해 보고 싶다는 듯 태연하게 차례차례 모든 사람들을 바라보았다. 일곱 신사는 이미 모두가 그의 편이 되어 있었다. 이전까지 선장은 그에게 어느 정도 반감을 가지고 있었거나, 최소한 겉으로는 그런 척했지만, 이제 화부에게 한참을 시달리고 나서는 더 이상 슈발을 비난하고 싶은 마음이 손톱만큼도 없는 것처럼 보였다. 화부 같은 사람의 일은 가능한 한 엄격하게 처리해야 한다고 생각했고, 슈발을 비난할 일이 있다면 단 하나 화부의 오만불손함을 그사이에 미리 꺾어 놓지 못해서 오늘 이렇게 감히 선장 앞에 나서게 만들었다는 것이었다.

이제 어쩌면 이렇게 가정해 볼 수도 있었다. 높은 법정 앞에 섰을 때 이런 충돌의 당사자들이 갖게 되는 그런 효과가 이 사람들 앞에서 벌이는 화부와 슈발의 싸움에서도 나타나게 된다는 것이다. 슈발이 자기 정체를 아무리 잘 감출 수 있다고 해도 마지막까지 철저하게 지킬 수는 없을 것이기 때문이다. 그의 악행이 잠깐 겉으로 비치는 정도만으로 여기 있는 신사들의 눈을 뜨게 만들기에 충분할 것이다. 카를은 이미 그 상황을 준비하고 있었다. 게다가 카를은 이미 각 신사들의 예리함, 취약함, 기분까지 정확하게 알고 있었다. 그런 관점에서 본다면 이제까지 여기에서 보낸 시간은 헛된 것이 아니었다. 화부만 좀 더 제대로 준비하고 있다면 좋을 것을. 그러나 화부는 전혀 싸울 수 있는 형편이 아니었다. 화부에게 슈발과 싸우게 해 주었다면 그의 못생긴 머리통을 주먹으로 몇 대 때릴 수는 있었을 것이다. 그렇지만 이미 화부는 슈발에게 몇 걸음 다가가는 것조차 힘든 상태였다. 어째서 카를은 그렇게 쉽게 예견할 수 있는 일을 미리 생각하지 못했던 것일까, 슈발 자신이 나서서 오지 않아도 선장의 부름으로 결국엔 이 방에 나타날 수밖에 없다는 사실을 말이다. 어째서 카를은 지금 실제로 벌어진 상황처럼 이곳에 무턱대고 문을 열고 들어서는 대신에, 이리로 오면서 화부와 함께 정확한 작전을 세우지 않았던 걸까? 과연 화부가 말은 할 수 있을까. 물론 일이 잘되어 갈 때나 필요하게 되겠지만, 법정에서 벌어지는 반대 심문에서 그렇게 하듯이 네, 아니요 하고 답변이나 할 수 있을까? 화부는 다리를 벌리고 무릎을 휘청거리면서 머리를 약간 쳐들고 서 있었다. 그리고 마치 그의 가슴 속에 공기를 처리할 폐가 없는 것처럼 헤 벌린 입으로 공기가 들락날락하고 있었다.

물론 카를은 고향 집에서는 한 번도 겪어 보지 못했다고 생각될 정도로 힘이 나고 정신이 맑은 느낌이었다. 만일 그의 부모가 그의 모습을 볼 수 있다면, 낯선 나라에서 명망 있는 사람들을 앞에 두고 정의를 위해 싸우는 모습을, 설사 아직 승리를 한 것은 아니라고 해도, 마지막 정복을 위해 완전히 자세를 갖춘 그의 이런 모습을 볼 수 있다면! 그러면 부모는 그에 대한 생각을 달리하지 않을까? 그들 사이에 앉히고 칭찬을 해 주지는 않을까? 한 번, 딱 한 번이라도 부모님께서 충실한 그의 눈을 보아 줄까? 그런 것들은 불확실한 의문들이었고, 지금은 그런 의문을 가지기에 적합하지 않은 순간이었다.

"제가 여기 온 이유는 화부가 어떤 부정을 저질렀다며 저에게 죄를 뒤집어씌울 거라 생각했기 때문입니다. 부엌에서 일하는 한 여자에게서 화부가 이리로 갔을 거란 말을 들은 것입니다. 선장님 그리고 여기 계신 모든 신사 여러분, 저는 저에 대한 어떤 비난에 대해서도 여기 제가 가지고 있는 서류들을 통해서, 또 필요한 경우엔 지금 문밖에 서 있는, 공평하고 아무 영향도 받지 않은 증인들의 진술을 통해서 확실하게 반박할 수 있습니다."

슈발은 이렇게 말했다. 실로 한 남자의 명쾌한 연설이었고, 청중들의 표정은 오랜만에 다시 사람의 소리를 들었다는 듯 변하고 있었다. 그들은 이 멋진 연설도 수많은 허점을 가지고 있다는 것을 눈치채지 못한 것이다. 왜 그에게 떠오른 첫 번째 실무적 용어가 '부정'이었을까? 어쩌면 여기서 그의 민족적 편견에 대해서가 아니라, 부정에 대한 심리를 벌여야 하는 것은 아닐까? 부엌에서 한 여자가 사무실로 가고 있는 화부를 보았을 뿐인데, 슈발은 곧바로 무슨 일인지를 알았다? 그의 이성을 예민하게 만드는 죄의식 때문은 아니었을까? 그러고서 그는 즉시 증인들을 데리고 왔다. 그러고는 또 그들이 편견이 없고 아무런 영향을 받지 않았다고 말하고 있지 않은가? 사기다, 틀림없는 사기다! 그런데 여기 신사들은 그것을 참아 내고 그런 사기를 올바른 태도로 인정하고 있는 것일까? 어째서 슈발은 부엌 여자의 보고를 듣고 나서 여기에 나타날 때까지 아주 많은 시간이 흐르도록 그냥 가만히 지켜보고 있었던 것일까? 화부가 신사들을 지치게 해서 점차 신사들이 명확한 판단력을 잃게 되는 것을 기다린 것 말고는 다른 이유가 있을 수 없었다. 신사들의 명확한 판단력이야말로 슈발이 가장 두려워하는 것이니까. 분명히 그는 이미 오랫동안 문 뒤에 서 있었다. 그러다가 어느 신사의 별 상관없는 질문을 듣고서 화부는 끝장났다고 생각하여 바로 그 순간 문을 두드린 것이 아닌가?

모든 것이 분명했다. 슈발의 생각과는 반대로 자기 자신에 의해서 사실이 밝혀지고 있는 것이다. 그러나 신사들에게는 더 쉽고 분명하게 보여 주어야 한다. 그들을 흔들어 깨울 필요가 있는 것이다. 그러니 카를, 서둘러라, 이제 증인들이 들이닥쳐 모든 것을 뒤엎어 버리기 전까지 최소한 그때까지의 시간이라도 제대로 이용해야지!

그러나 선장은 슈발에게 물러나도록 손짓했다. 그러자 자기 일이 잠시 뒤로 미루어졌다고 느낀 슈발은 즉시 옆으로 물러서서 막 그의 편이 된 급사와 소리 낮춰 대화를 나누기 시작했다. 그러는 중에도 곁눈으로 화부와 카를을 쳐다보고, 확신에 찬 손짓을 하는 것을 소홀히 하지 않았다. 그렇게 슈발은 다음에 하게 될 명연설을 연습하고 있는 듯 보였다.

"저 젊은 친구에게 무언가 물으려고 하지 않으셨나요, 야콥 씨?"

모두가 조용한 가운데 선장이 대나무 지팡이를 들고 있는 신사에게 말했다.

"예, 그랬지요."

신사는 고개를 조금 숙여 신경을 써 주어 고맙다는 인사를 했다. 그러고는 카를에게 다시 한번 물었다.

"당신 이름이 뭐지요?"

고집스럽게 자기 이름을 묻자 카를은 이 일을 금세 끝내 버리면 정작 중요한 일에 대한 관심이 고조될 것이라 믿고 그냥 아주 짧게 대답했다.

"카를 로스만입니다."

평소 그의 습관대로라면 이제부터 뒤적여 찾아야 하는 여권을 꺼내 보여 주면서 자기를 소개했을 것이다.

"그렇다면……."

야콥이라는 이름의 신사는 이렇게 말하고, 처음엔 거의 믿을 수 없다는 듯한 미소를 지으면서 뒤로 한 걸음 물러섰다. 선장, 회계 주임, 고급 승무원은 물론 심지어 급사까지도 카를의 이름을 듣고 크게 놀란 얼굴을 하고 있었다. 항만청의 관리들과 슈발만이 냉담한 모습이었다.

"그렇다면."

야콥이 다시 한번 말하면서 조금 부자연스러운 발걸음으로 카를에게 다가왔다.

"그렇다면 난 너의 외삼촌 야콥이고, 넌 내 사랑하는 조카란 말이구나. 내 처음부터 그런 느낌이 들더라니!"

선장을 향해 말했다. 그러곤 카를을 부둥켜안고 키스를 했다. 카를은 멍하니 가만히 서 있을 뿐이었다.

"성함이 어떻게 되시죠?"

급박한 상황에서 벗어났다는 안도감을 느끼면서 카를은 아주 예의 바르게, 그렇지만 조금의 감정 변화도 없이 야콥에게 물었다. 그러곤 이 새로운 상황이 화부에게 어떤 영향을 미치게 될 것인지 계산하는 데 온 정신을 집중했다. 일단 슈발이 이 일을 유리하게 이용할 거라고 생각되지는 않았다.

"젊은 양반, 지금 얼마나 큰 행운을 얻게 되었는지 알아야지요."

카를의 질문이 야콥의 위엄에 상처를 입혔다고 생각한 선장이 말했다. 야콥은 창가로 돌아가 있었다. 게다가 손수건으로 얼굴을 가볍게 두드리고 있었다. 흥분한 얼굴을 다른 사람들에게 보여서는 안 된다는 생각임에 분명했다.

"젊은이에게 외삼촌이라고 자신을 소개하신 이분은 상원 의원이신 에드워드 야콥 씨입니다. 당신이 지금까지 기대해 왔던 것과는 완전히 다른 빛나는 인생이 이제 당신을 기다리고 있는 거예요. 처음부터 이렇게 되다니 너무나 잘된 일입니다. 그러니 정신을 바짝 차려요!"

"물론 야콥이라는 이름의 외삼촌 한 분이 미국에 살고 계십니다."

카를이 선장을 향해 말했다.

"그러나 제가 제대로 들었다면, 야콥은 상원 의원님의 성이 아닙니까?"

"그렇습니다."

선장이 흥미로운 듯 말했다.

"그렇지만 제 어머니의 형제이신 외삼촌 야콥은 세례명이 야콥이십니다. 당연히 그분의 성은 어머니의 처녀 시절 성과 같은 벤델마이어입니다."

"여러분!"

창가에서 한숨을 돌리고 다시 가벼운 마음으로 되돌아온 상원 의원은 카를의 설명과 관련하여 말을 꺼냈다. 항만청 관리를 제외한 모든 사람들이 웃음을 터뜨렸다. 많은 이들이 감동에 겨운 웃음을 터뜨렸고, 또 무감동의 억지웃음을 짓는 사람들도 있었다.

'그렇게 우스운가, 내가 말한 것이. 그럴 리가 없는데.' 카를은 생각했다.

"여러분."

상원 의원이 다시 한번 말했다.

"여러분께서는 저나 여러분 모두 의도하지 않았지만 우연히 한 가족의 작은 일에 함께하시게 되었습니다. 그러니 여러분께 해명을 해 드리지 않을 수가 없겠군요. 제 생각에 여기 선장님께서만……."

이렇게 선장 이야기가 나오는 순간 그와 선장은 서로 고개를 숙여 인사를 나누었다.

"사정을 완전히 알고 계실 것입니다."

'이제부턴 정말로 한 마디 한 마디 말할 때마다 신경을 써야겠는걸.' 카를은 이렇게 생각했다. 그리고 곁눈질로 다시 생기를 찾아가기 시작하는 화부의 모습을 보고는 기뻤다.

"저는 아주 오랜 세월 미국에 체류하며 살아왔습니다. 아, 여기서 체류라는 말은 영혼까지 완전히 미국 시민이 된 저에게는 당연히 적합하지 않은 표현입니다. 그 긴 세월 동안 저는 유럽의 친지들과 완전히 연락을 끊고 살아왔습니다. 여러 가지 이유가 있습니다. 그렇지만 우선은 이 자리에 어울리지 않는 이유들이고, 나아가 설명을 드리자면 정말로 저를 곤란하게 만들 수 있어서 말씀을 드리지는 않겠습니다. 저의 사랑스러운 조카에게 설명을 꼭 해야 하는 순간이 올까 두렵기까지 합니다. 그렇게 설명을 하려면 그의 부모와 친척들에 대한 적나라한 말도 하지 않을 수 없기 때문입니다."

'이 사람이 내 외삼촌이 맞구나. 틀림없어.' 카를은 이렇게 생각하며 아저씨의 말에 귀를 기울였다. '아마 이름을 바꾸셨나 보군.'

"내 사랑하는 조카는 지금, 그냥 사실 그대로 솔직하게 말하겠습니다. 자기 부모에게서 내쫓겼습니다. 귀찮아지면 문밖으로 고양이를 내던지듯이 그렇게 쫓겨난 것이지요. 그런 벌을 받도록 제 조카가 저지른 일을 미화하고 싶은 생각은 추호도 없습니다. 그렇지만 그의 잘못은 그저 단순히 말로 해도 충분히 용서될 만한 그런 일입니다."

‘듣기 좋은 말이로군.’ 카를은 생각했다. ‘그렇지만 외삼촌이 모든 사람들 앞에서 그에 대해 말하는 것은 좀 곤란하지. 게다가 그 일을 아시지도 못할 텐데. 어떻게 알겠냐고?’

“말하자면 그는.”

야콥은 말을 이어 가면서 약간 몸을 굽혀 앞에 세우고 있던 대나무 지팡이에 의지했다. 그럼으로써 그는 대개 이런 상황이 만들어 내곤 하는 불필요한 엄숙함을 걷어 내는 데 실제로 성공하고 있었다.

“조카는 말하자면 대략 서른다섯 살의 요한나 부룸머라는 가정부에게 유혹을 당했습니다. ‘유혹당했다’는 말로 제 조카의 마음을 아프게 하고 싶지는 않습니다만, 다른 적합한 말을 찾기가 어렵군요.”

이미 상당히 외삼촌 가까이 다가가 있던 카를은 이 순간 몸을 돌려서 자리를 함께하고 있는 사람들의 얼굴에서 그들의 생각을 읽어 보려고 했다. 아무도 웃지 않았다. 모두가 참을성 있고 진지하게 귀를 기울이고 있었다. 이야기를 듣자마자 상원 의원의 조카를 비웃을 수는 없는 일이 아닌가. 다만 화부만이 아주 가벼운 미소이기는 했지만 카를을 보고 웃었다. 그것은 우선 화부가 다시금 활기를 띠게 되었다는 표시로 기뻐할 일이었고, 또 충분히 용서할 만한 일이기도 했다. 이제는 다 알려지게 되었지만 선실에서 화부와 이야기할 때는 카를이 이 일을 비밀로 하려고 했었기 때문이다.

"그리고 이제 그 부룸머라는 여자는."

야콥이 계속 말을 이어 갔다.

"내 조카의 아이를 낳았습니다. 건강한 남자애를 말입니다. 그리고 세례명을 야콥이라고 지었다고 하더군요. 틀림없이 저를 생각하며 그런 이름을 붙였을 것입니다. 그저 지나가는 제 조카의 말 속에서 슬쩍 저에 대해 들었을 텐데 그 여자에게는 큰 인상을 주었나 봅니다. 다행이라고 말해야겠습니다. 이 아이의 부모는 양육비 지불을 피하기 위해서 또는 자기들한테까지 나쁜 소문이 미칠까 두려웠기 때문에, 물론 저는 그곳의 법이나 부모의 여타 상황에 대해 알지 못합니다. 그 점은 분명하게 말씀드립니다. 어떻든 이 아이의 부모는 양육비 지불과 나쁜 소문을 피하기 위해서 그들의 아들을, 제 사랑하는 조카를 미국으로 내몰았던 것입니다. 무책임하게도 여러분 모두 보시고 계신 것처럼 형편없는 행색으로 말입니다. 그 가정부가 저에게 편지를 보내어, 그 편지도 한참을 돌아서 그저께 비로소 제 손에 들어오게 되었습니다만, 제 조카의 인상착의, 그리고 현명하게도 조카가 탄 배 이름까지 이 모든 이야기를 알려 주지 않았다면, 결국 이 아이는 미국

땅에서 기적이 일어나지 않는 한 혈혈단신으로 지내면서 뉴욕 항구의 뒷골목에서 잘못된 길로 빠져들게 되었을 겁니다. 여러분께서 흥미가 있으시다면 이 편지의 몇 구절을……."

이때 그는 꼭꼭 들어차게 쓴 두 장의 커다란 편지지를 주머니에서 꺼내 들고 흔들어 보였다.

"여기서 기꺼이 읽어 드릴 수도 있습니다. 이 편지는 분명히 감동을 드릴 것입니다. 교활한 면이 있지만 그것도 그저 단순하고 언제나 선량한 마음에서 비롯된 것인 데다가 아이아버지에 대한 크나큰 사랑이 담긴 편지이기 때문입니다. 그렇지만 저는 이 상황을 해명하는 데 필요한 정도 이상으로 여러분에게 흥미를 드리고 싶지는 않습니다. 또한 조카를 맞는 자리에서 어쩌면 아직까지도 조카에게 남아 있을 그 여자에 대한 감정을 다치게 하고 싶지도 않습니다. 만일 조카애가 원한다면 이미 그를 위해 준비해 놓은 방에서 교훈을 얻는다는 의미로 이 편지를 읽을 수 있을 것입니다."

그러나 카를은 그 여자에 대해 아무런 감정도 갖고 있지 않았다. 점점 흐려지는 과거의 기억 속에서 그녀는 부엌의 찬장 옆에서 그 찬장의 칸을 나눈 판 위에 팔꿈치를 괴고 앉아 있었다. 카를이 아버지에게 물 마실 잔을 가져다드리기 위해 혹은 어머니의 심부름을 하려고 부엌을 드나들 때면 그녀는 그의 모습을 물끄러미 바라보았다. 가끔 그녀는 교묘한 자세로 찬장 옆에서 편지를 쓰면서 카를의 얼굴에서 순간적인 영감을 얻기도 했다. 가끔 그녀는 손으로 눈을 가리고 누구와도 말을 나누지 않았다. 가끔은 부엌 옆에 달린 그녀의 작은방에서 무릎을 꿇고 앉아 나무 십자가를 향해 기도했다. 그러면 카를은 지나는 길에 조금 열린 문틈으로 그저 수줍게 그 여자를 바라볼 뿐이었다. 때때로 그녀는 부엌에서 마구 뛰며 돌아다니다가, 카를과 마주치면 마녀처럼 웃으면서 뒤로 물러섰다. 때때로 그녀는 카를이 들어섰을 때 부엌문을 닫았다. 그러곤 카를이 나가게 해 달라고 요구할 때까지 계속 문손잡이를 잡고 있었다. 때때로 그녀는 카를이 전혀 갖고 싶지 않은 물건들을 가지고 와서 아무 말 없이 그의 손에 쥐어 주기도 했다. 그러다가 한번은 그녀가 "카를." 하고 불렀다. 그녀가 갑작스럽게 말을 걸어온 탓에 카를은 깜짝 놀랐다. 그리고 그녀는 찌푸린 얼굴에 한숨까지 내쉬면서 그를 자기 방으로 데려가더니 문을 잠가 버렸다. 그녀는 숨이 막힐 정도로 그의 목을 감싸안았고, 그녀의 옷을 벗겨 달라고 부탁했다. 그리고 정말로 카를의 옷을 벗기고는, 이제부터 누구에게도 그를 내주지 않고, 세상이 끝나는 날까지 그를 어루만지고 돌봐 주겠다는 듯한 표정으로 그를 침대에 눕혔다.

"카를, 오 당신, 나의 카를!" 그녀는 소리쳤다. 그를 보면서 이제 자기 소유가 되었음을 확인하는 듯했다. 그러는 동안 카를은 아무것도 보지 않았고, 그녀가 그를 위해 특별히 몇 겹으로 깔아 놓은 듯 보이는 따스한 이불 속에서도 불쾌감을 느낄 뿐이었다. 그러고서 그녀는 그의 곁에 몸을 눕히고, 그에게서 어떤 신비함을 체험하고 싶어 했다. 그러나 카를은 그녀에게 아무 말도 할 수 없었다. 그녀는 농담 반 진담 반으로 화를 냈고, 그의 몸을 흔들면서 그의 심장 소리에 귀를 기울였다. 그러곤 똑같이 들어 보라고 그녀의 젖가슴을 내밀었다. 그러나 카를이 생각대로 따라 주지 않자 그녀는 벌거벗은 배로 그의 몸을 짓누르고 손을 그의 사타구니 속에 넣고 더듬어 댔다. 너무나 역겨워서 카를은 침대 베개에서 머리와 목을 들고 흔들면서 괴로워했다. 그러자 여자는 그의 위에서 배를 몇 번 움직여 그를 눌러 댔다. 그 여자가 벌써 자기 자신의 일부가 된 것처럼 느껴졌고, 아마도 그런 이유에서 절실하게 도움이 필요하다는 느낌이 그를 사로잡았다. 마침내 카를은 다시 만나자는 그녀의 청을 여러 차례 듣고 난 후에야 울면서 자기 침대로 돌아갈 수 있었다. 그것이 사건의 전부였다. 그럼에도 외삼촌은 거기에서 멋진 이야기를 만들어 내는 법을 알고 있었다. 그리고 그 가정부는 아직도 카를을 생각하면서 외삼촌에게 그의 도착을 알렸던 것이다. 그녀가 취한 조치 덕에 일이 잘 풀려 가고 있었다. 그래서 카를은 나중에 한번은 보답을 해야겠다고 생각했다.

"그러면 이제."

상원 의원이 소리쳤다.

"내가 너의 외삼촌인지 아닌지 솔직한 네 말을 듣고 싶구나."

"제 외삼촌이 틀림없어요."

카를이 말했다. 그리고 외삼촌의 손에 입을 맞추고 외삼촌은 카를의 이마에 키스했다.

"외삼촌을 만나게 되다니 정말 기뻐요. 그렇지만 제 부모님이 외삼촌에 대해 나쁘게만 말한다고 생각하면 그것은 오해예요. 또 그것 말고도 외삼촌의 말에는 몇 가지 옳지 않은 점들이 있어요. 다시 말해서 모든 것이 실제 현실에서 외삼촌이 말씀하신 대로 그렇게 진행되지는 않았다는 말이에요. 그렇지만 외삼촌이 여기에 있으면서 그렇게 먼 곳의 일을 완전히 판단할 수 없는 것은 당연한 일이지요. 나아가 여기 계신 신사분들이 실제로 자신과 별로 관계도 없는 일의 사실들 중에서 몇 가지 옳지 않은 정보를 듣게 되었다고 해도 특별히 손해가 되는 일은 아닐 겁니다."

“말도 아주 잘하는군.”

상원 의원은 말했다. 그러곤 눈에 띄게 관심을 보이는 선장 앞으로 카를을 데리고 가서 이렇게 물었다.

“제가 정말 훌륭한 조카를 두지 않았습니까?”

“상원 의원님의 조카를 이렇게 친히 알게 되었으니 정말 기쁜 일입니다.”

선장은 군대 교육을 받은 사람들만이 할 수 있는 방식으로 인사를 하며 말했다.

“이런 만남의 장소를 만들어 드릴 수 있어서 저희 배로서는 특별한 영광이 아닐 수 없습니다. 그런데 삼등 선실로 여행하시는 것이 아주 힘드셨을 텐데요. 물론 누가 삼등 선실에 타고 있는지 어떻게 알 수 있겠습니까. 지금 저희들은 삼등 선실의 승객들이 최대한 편안하게 여행할 수 있도록 가능한 모든 조치들을 취하고 있습니다. 예를 들면 아메리카 해운보다는 훨씬 나은 상황이지요. 그렇지만 삼등 선실 여행을 안락한 수준까지 개선하는 일은 저희들에게도 여전히 어려운 형편입니다.”

“제게는 그리 나쁘지 않았습니다.”

카를이 말했다.

“이 애한테는 그리 나쁘지 않았다는군요!”

상원 의원이 웃으면서 큰 소리로 반복했다.

"그저 가방을 잃어버린 것 같아 걱정될 뿐이지요."

이런 말을 하는 순간 카를은 무슨 일이 벌어지고 있었는지, 무슨 할 일이 남아 있는지, 그런 모든 것들이 떠올랐다. 말없이 주위의 사람들을 둘러보았다. 모두가 원래 있던 자리 그대로 서서 놀라움에 말없이 그를 바라보고 있었다. 오로지 항만청 관리들만이 뻣뻣하고 자만에 가득한, 그들의 얼굴이 지어낼 수 있는 최고의 아쉬운 표정으로 적당치 않은 시간에 왔다는 마음을 표현하고 있었다. 또한 그들에게는 그들 앞에 놓여 있는 회중시계가 지금까지 방 안에서 벌어졌고 또 앞으로 벌어질 수 있는 모든 일들보다 더욱 중요한 듯 보였다.

선장 다음으로 자기 마음을 표시한 사람은 뜻밖에도 화부였다.

"진심으로 축하해요."

화부는 이렇게 말하며 카를의 손을 잡고 흔들었다. 그렇게 해서 그 역시 찬사 비슷한 무엇을 표현하려는 듯 보였다. 이어서 화부가 같은 식의 인사를 하려고 상원 의원에게 다가가자, 상원 의원은 화부가 주제에 넘치는 일을 하려고 한다는 듯 뒤로 물러섰다. 그러자 화부 역시 즉시 행동을 멈추었다.

그러나 나머지 사람들은 그제야 무엇을 해야 할지 알아차리고 서둘러 카를과 상원 의원을 둘러싸고 소란스럽게 떠들어 댔다. 심지어 카를이 슈발의 축하 인사를 받고, 그에 대해 감사하는 일까지 벌어졌다. 다시 잠잠한 상태가 되자 마지막으로 항만청 관리들이 나서서 두 마디의 영어 단어를 말했다. 우스운 느낌의 말이었다.

기분이 좋아진 상원 의원은 그런 만족감을 실컷 맛보기 위해 자기 자신과 다른 사람들이 아주 사소한 일들까지 생각해 내도록 만들고 있었다. 물론 사람들 모두 그런 일을 억지로 참아 내는 수준에 그치는 것이 아니라 관심을 가지고 빠져들고 있었다. 그렇게 해서 상원 의원은 가정부의 편지에 쓰여 있는 카를의 가장 두드러진 인상착의를 혹시 필요한 순간에 사용하기 위해 수첩에 기록했다는 사실을 사람들이 주목하도록 만들었다. 화부가 참고 들어 주기 힘들 정도로 앞뒤 가리지 않고 지껄여 대는 동안 그는 기분을 전환하느라 수첩을 꺼내 들었고, 가정부가 써서 보낸 그리 정확하지도 않은 인상착의를 재미 삼아 카를의 외모와 맞춰 보았다는 것이다.

"그렇게 해서 이렇게 조카를 찾게 됐습니다!"

다시 한번 축하를 받고 싶다는 듯한 목소리로 말을 맺었다.

"그러면 이제 화부의 일은 어떻게 되는 거예요?"

외삼촌의 말이 끝나자 카를이 슬쩍 물었다. 그의 새로운 위치에서는 자기가 생각하는 모든 것을 말할 수 있다고 믿었던 것이다.

"화부에게는 응당한 조치가 취해지겠지."

상원 의원이 대답했다.

"그리고 선장님이 잘 알아서 하실 거다. 내 생각에 화부의 말은 질릴 만큼 충분히 들어 주었다. 아마 여기 계신 분들도 모두 그렇게 생각하실 거야."

"정의의 문제를 다루는 데 있어서 멋들어진 말이 중요한 것은 아니잖아요."

카를이 말했다. 그는 외삼촌과 선장 사이에 서 있었고, 아마 그런 위치의 영향 때문에 자기가 결정권을 쥐고 있다고 믿었다.

그렇지만 화부 스스로는 더 이상 별다른 희망을 갖고 있지 않은 것처럼 보였다. 그는 양손을 허리띠 속에 반쯤 찔러 넣고 있었다. 흥분해서 움직이는 탓에 허리띠와 셔츠의 줄무늬가 드러나 보였다. 그래도 그는 조금도 신경 쓰지 않았다. 어차피 그는 모든 괴로움을 토해 놓은 터였다. 이제 맨 몸뚱이에 걸친 다 떨어진 옷을 본다고 해서, 그리고 그를 내쫓는다고 해서 무슨 문제가 되겠는가. 급사와 슈발, 이곳에서 서열이 가장 낮은 그 두 사람이 마지막 친절을 베풀게 되겠지. 그는 혼자 이런 생각까지 하고 있었다. 그렇게 되면 슈발은 안정을 찾을 것이고, 회계 주임이 말했던 대로 다시는 절망에 빠지는 일이 없을 것이다. 선장은 루마니아 사람만 고용할 수 있을 것이고, 어디서나 루마니아 말로 말하게 될 것이다. 그렇게 되면 정말 더 좋아질 수도 있을 것이다. 회계 본부에서 떠들어 대는 화부도 없을 것이고, 그저 화부의 마지막 넋두리만이 꽤나 재미있는 기억으로 남아 있게 될 것이다. 상원 의원이 분명하게 말했던 것처럼 조카를 알아보는 간접적인 원인이 되었기 때문이다. 게다가 이 조카는 벌써 여러 차례 그를 도와주려고 했고, 외삼촌을 만나는 데 기여했다고 해서 이미 한참 전에 필요 이상으로 많은 감사를 표시했다. 이제 와서 또 카를에게 무언가를 요구해야겠다는 생각은 조금도 없었다. 그뿐만 아니라 카를이 상원 의원의 조카라고 하더라도, 선장이 된 것은 아니었다. 결국 선장의 입에서는 그에게 나쁜 결정이 내려지고 말 것이다. 그런 생각을 하면서 화부는 카를 쪽을 보지 않으려고 했다. 그렇지만 유감스럽게도 적들이 가득한 이 방 안에서 시선을 둘 만한 곳은 그 어디에도 없었다.

"상황을 잘못 판단하지 마라."

상원 의원이 카를에게 말했다.

"어쩌면 여기서 문제가 되고 있는 것이 정의일 수도 있겠지. 그러나 동시에 규율이 될 수도 있다. 그 두 가지는, 특히 뒤에 말한 것은 여기 선장님의 판단에 달려 있다."

"당연히 그렇겠지."

화부가 중얼거렸다. 그 말을 들은 사람은 어이가 없다는 듯 웃었다.

"그리고 뉴욕에 도착해서 이제 처리해야 할 일이 잔뜩 쌓여 있을 텐데 우리가 벌써 선장님의 일을 너무 많이 방해했구나. 그러니 이제 한시라도 빨리 배를 떠나야겠다. 게다가 두 기관사의 다툼에 쓸데없는 간섭을 해서 아무것도 아닌 일을 무슨 큰 사건이라도 되는 것처럼 만들면 안 될 테니까 말이야. 네 행동하는 방식은 분명히 잘 이해하겠지만, 그렇기 때문에 더 서둘러 여기서 널 데리고 나가는 편이 좋겠다."

"즉시 선생님을 위한 보트를 준비시켜 놓겠습니다."

선장이 말했다. 누가 보아도 스스로를 낮추어 말한 것으로 보이는 외삼촌의 말에 대해 한마디 의례적인 반박조차 하지 않고 곧바로 이렇게 말하는 것이 카를은 놀라울 뿐이었다. 회계 주임은 지체 없이 책상으로 달려와 전화기를 들고 수부장에게 선장의 명령을 전했다.

'이제 시간이 얼마 없어.' 카를은 생각했다. '그렇지만 내가 무슨 일인가 하려면 여기 있는 모든 사람들을 모욕하는 꼴이 될 거야. 이제 막 다시 만나게 된 외삼촌을 떠날 수는 없어. 선장은 예의 바른 사람이지만, 그것이 전부야. 그의 예의는 규율 앞에서 모든 의미를 잃고 말아. 그리고 외삼촌은 분명히 자기의 진심을 말했어. 슈발과는 이야기하기도 싫고, 심지어 내가 그의 손을 잡았다는 것 자체가 괴로울 정도야. 그리고 여기 있는 나머지 사람들은 모두 하찮은 찌꺼기들에 불과해.'

그런 생각을 하면서 카를은 서서히 화부에게로 걸어가서 허리띠에 끼고 있던 그의 오른손을 잡아당겨 장난하듯이 잡았다.

"왜 아무 말도 하지 않는 거예요?"

카를이 물었다.

"왜 그냥 당하려고 하는 거냐고요?"

화부는 해야 할 말을 위한 적합한 표현을 찾기라도 하는 것처럼 이마를 찌푸릴 뿐이었다. 그러고는 마주 잡고 있는 카를과 자신의 손을 내려다보았다.

"이 배에서 불공평한 대접을 받는 사람은 당신뿐이에요, 난 그것을 아주 잘 알고 있어요."

그러고서 카를은 화부의 손가락 사이에 자기의 손가락을 넣고 이리저리 움직였다. 화부는 아무도 그의 이런 기쁨을 나쁘게 여기지 않을 거라고 생각했는지 반짝이는 눈으로 주위를 둘러보았다.

"그렇지만 당신은 자신을 방어해야만 해요. 그러면 그렇다, 아니면 아니다, 확실하게 말을 해요. 그렇지 않으면 사람들은 절대 진실을 알 수 없어요. 나에게 약속해요, 내 말대로 하겠다고. 이런저런 사정으로 보아 더 이상 당신을 도와줄 수 없을 거예요."

그리고 이제 화부의 손에 입을 맞추면서 카를은 눈물을 흘렸다. 그리고 잔뜩 터서 거의 핏기조차 없는 화부의 손을 잡고 마치 포기해야만 하는 보물처럼 자기 뺨에 대고 지그시 눌렀다. 그러나 그때 상원 의원 외삼촌이 어느새 그의 곁으로 다가왔고, 아주 가벼운 힘으로 당기기는 했지만 카를은 끌려가 버렸다.

"화부가 너를 홀리기라도 한 것처럼 보이는구나."

상원 의원은 이렇게 말하면서 카를의 머리 너머로 의미심장하게 선장을 보았다.

"넌 버림받은 기분이었을 거야. 그때 화부를 만났고, 이제 그에게 고마움을 느끼는 거야. 물론 그것은 기특한 생각이다. 그렇지만 나를 생각해서라도 너무 지나치게 행동하지는 말아라. 그리고 지금 너의 입장도 생각을 해야지."

문 앞에서 소란이 일면서 시끄럽게 외쳐 대는 소리가 들렸고, 심지어 누군가 문에 세게 부딪히는 것 같기도 했다. 선원한 명이 조금 거칠게 방 안으로 들어왔다. 여자들이 입는 앞치마를 두르고 있었다.

"밖에 있는 사람들이."

그는 이렇게 소리치면서 아직도 떠밀리고 있는 것처럼 팔꿈치로 한 번 주위를 밀어젖혔다. 마침내 정신을 차린 그는 선장에게 인사를 하려고 했다. 그제야 그는 자기가 여자의 앞치마를 두르고 있다는 것을 알아채고, 휙 잡아채 바닥에 던지면서 크게 말했다.

"정말 구역질 나는 일이군. 저들이 제게 여자 앞치마를 감았어요."

그렇지만 그러고 나서는 발뒤축을 척 붙이고 경례를 했다. 누군가 웃으려고 했지만, 선장이 엄중하게 말했다.

"분위기가 좋다고 말하고 싶네만. 밖에 있는 자들은 대체 누군가?"

"저의 증인들입니다."

슈발이 나서서 말했다.

"저들의 막돼먹은 행동을 용서해 주십시오. 선원들은 항해를 끝내고 나면 가끔씩 저렇게 미친놈들마냥 소란을 부리곤 합니다.”

“그들을 즉시 안으로 부르시오!”

선장이 명령했다. 그러고는 바로 상원 의원을 향해 돌아서서 친절하지만 빠른 어조로 말했다.

“존경하는 상원 의원님, 이제 조카 분과 함께 이 선원의 뒤를 따르십시오. 타고 가실 보트로 모셔 갈 겁니다. 상원 의원님을 이렇게 개인적으로 알게 되니 너무도 크나큰 기쁨이고, 너무도 크나큰 영광입니다. 빠른 시일 안에 상원 의원님과 다시 만나서 못다 한 미국의 선박 사정에 대한 대화를 다시 나눌 수 있게 되기를 바랄 뿐입니다. 그리고 혹시 오늘처럼 또다시 기분 좋은 일로 대화가 중단되는 것도 좋겠습니다.”

“당분간은 이 조카 하나로 충분합니다.”

외삼촌이 웃으며 말했다.

“선장님의 친절에 큰 감사를 드리면서 이만 떠나야겠군요. 그럼 잘 지내십시오.”

이렇게 말하며 그는 카를을 진심으로 끌어안았다.

“그리고 우리가 다음에 유럽으로 여행을 간다면 더 오랜 시간 선장님과 함께 대화를 나눌 수 있겠지요.”

“그렇게 된다면 정말 좋겠습니다.”

선장이 말했다. 두 신사는 악수를 나누었고, 카를은 말없이 그저 잠깐 선장에게 손을 내밀 수 있었다. 선장은 이미 열다섯쯤 되는 사람들에게 온통 정신을 빼앗기고 있었기 때문이다. 슈발을 뒤따라 몰려들어 온 이들은 약간은 당황하기도 했지만, 아주 시끄럽고 소란스러웠다. 상원 의원의 허락을 받고 앞으로 나선 선원이 몰려든 무리를 양편으로 갈라놓았고, 상원 의원과 카를은 허리를 굽혀 경례하는 사람들 사이로 쉽게 지날 수 있었다. 이 선량한 사람들은 슈발과 화부의 싸움을 장난 정도로 생각하고, 그런 웃기는 일을 선장 앞에서도 계속하는 것이 재미있다고 여기는 것 같았다. 카를은 그들 가운데 부엌에서 일하던 여자인 리네가 끼어 있는 것을 보았다. 흥겹게 카를에게 윙크를 하고 있었다. 리네는 선원이 내던진 앞치마를 두르고 있었다. 그것이 그녀의 앞치마였던 것이다.

상원 의원과 카를은 계속 선원의 뒤를 따라 사무실을 나와서는 방향을 바꾸어 좁은 통로로 들어섰다. 몇 걸음을 걷고 나니 작은 문에 다다랐고, 거기에서 아래로 내려가는 짧은 계단이 시작되었다. 계단 끝에는 그들이 타고 갈 보트가 준비되어 있었다. 그들을 안내하던 선원이 훌쩍 뛰어 보트에 올라탔고, 보트에 타고 있던 선원들은 일어서서 경례를 했다. 상원 의원은 카를에게 조심해서 내려오라고 주의를 주었다.

그때 아직도 첫 번째 계단에 서 있던 카를이 격렬하게 울음을 터뜨렸다. 상원 의원은 카를의 턱을 오른손으로 받치고 그를 세게 안아 주면서 왼손으로 쓰다듬었다. 그러고서 그들은 한 계단 한 계단 천천히 내려와 몸을 바싹 붙인 채로 보트에 올라탔다. 보트에 오르자 상원 의원은 곧바로 카를을 위해 자기 맞은편에 좋은 자리를 마련해 주었다. 상원 의원의 신호가 있자 선원들은 배에서 보트를 떨어뜨리고 즉시 전력으로 노를 젓기 시작했다. 그들이 배에서 몇 미터 멀어지기도 전에 카를은 뜻밖의 사실을 발견했다. 그가 탄 보트가 회계 본부의 창문들이 달려 있는 쪽을 지나고 있다는 것이었다. 창문 세 개를 모두 슈발의 증인들이 차지하고 손을 흔들어 대면서 아주 친절하게 인사했다. 심지어 외삼촌도 고맙다고 응대했고, 한 선원은 노를 젓는 규칙적인 리듬을 멈추지 않으면서도 한 손으로 키스를 날려 보내는 재주를 부리기도 했다. 화부는 더 이상 존재하지 않는 것처럼 보였다. 카를은 무릎끼리 서로 닿을 만큼 가까이 있는 외삼촌을 더 자세히 쳐다보았다. 그러자 '화부가 나를 위해 맡았던 역할을 이 남자가 과연 대신해 줄 수 있을까.' 하는 의혹이 일었다. 외삼촌 역시 카를의 시선을 피해 보트를 이리저리 흔들고 있는 파도만 바라보고 있었다.

선고

프란츠 카프카의 이야기

펠리체 B. 양에게 바침

Das Urteil

선고

프란츠 카프카의 이야기

‡

어느 아름다운 봄날, 일요일 오전이었다. 나지막하고 부실하게 지은 연립 주택들이 강을 따라 길게 줄지어 서 있다. 높이와 색깔의 차이가 거의 없었다. 그 가운데 어느 한 채의 이층에 젊은 사업가인 게오르크 벤데만의 방이 있었다. 그는 그 방에 앉아 있다. 외국에 나가 살고 있는 어린 시절의 친구에게 쓰던 편지를 이제 막 끝내고 놀이하듯 천천히 봉했다. 그러고 난 다음 책상 위에 팔꿈치를 받치고 창 너머로 강물과 다리 그리고 초록빛이 듬성듬성한 강 건너 언덕을 바라보았다.

친구는 고향에서 일이 진척되는 상황이 불만스러워 벌써 몇 년 전에 완전히 도망가다시피 러시아로 떠났다. 게오르크는 그 친구의 일을 곰곰이 되돌아보았다. 지금 그는 페테르부르크에서 사업을 하고 있다. 처음 시작은 아주 좋은 편이었다. 그렇지만 친구가 그를 찾아오는 일이 점점 뜸해졌고, 그렇게 올 때마다 한탄하는 것처럼 벌써 오래전부터 그의 사업은 부진에 시달리고 있는 듯 보였다. 그렇게 친구는 낯선 곳에서 얻는 것 없이 일하며 지쳐 가고 있었다. 얼굴에 덥수룩한 낯선 모양의 수염은 어린 시절부터 익숙한 친구의 얼굴을 지저분하게 덮고 있을 뿐이었고, 누런 피부색은 친구의 몸속에서 병이 자라고 있음을 보여 주는 듯했다. 자기 스스로 말하듯이 친구는 그 지역의 교민들과 제대로 관계를 갖고 있지도 못하고, 그 나라 사람들과도 전혀 사귀지 못하고 있었다. 결국 완전한 독신 생활에 순응하면서 살아가고 있는 것이다.

틀림없이 곤경에 빠져 있는 친구, 그의 일이 안타깝기는 하지만 그렇다고 도와줄 수도 없을 때, 과연 편지에는 뭐라고 쓰면 좋을 것인가. 뭐라고 충고해 주어야 할까? 다시 집으로 돌아오라고, 그의 생활 공간을 이리로 옮겨 오라고, 예전의 친구 관계를 모두 다시 이어 가라고, 물론 그러는 데는 아무런 어려움도 없을 것이다, 나아가 친구들의 도움을 믿어 보라고? 그러나 그런 말을 하는 것은 그를 약 올리고 괴롭히는 것과 다를 바 없다. 더 부드럽게 말할수록, 더욱 큰 상처를 주게 될 것이다. 이제까지의 시도들이 실패했다고, 이제 그만 그런 시도들을 그만두라고, 완전히 실패하고 고향으로 돌아온 사람이 되어 모든 사람들의 놀라는 시선을 받아야만 한다고, 그의 친구들만은 어느 정도 이해할 거라고, 고향에 남아 성공한 친구들의 뒤를 졸졸 쫓아다녀야 하는 나이 먹은 아이라고, 그렇게 말하는 것과 무엇이 다르겠는가. 또한 친구 가 겪어야 할 그런 모든 고통이 그나마 보람이라도 있는 것인 지 확신할 수 있을까? 어쩌면 그를 고향으로 불러들이는 일 조차 성공할 수 없을지 모른다. 친구 스스로 더 이상 고향 돌 아가는 사정을 모르겠다고 말했었다. 그렇다면 친구는 어쩔 수 없이 낯선 땅에 머무르게 될 것이다. 충고를 들어서 생긴 쓰라린 마음을 안고, 친구들과 한 걸음 더 멀어진 채로. 그렇 지만 친구가 정말로 충고를 받아들여 고향으로 돌아온다면, 물론 고의로가 아니라 일이 그렇게 흘러가는 바람에, 풀 죽 어 지내게 된다면, 친구들 사이에서 자기 자리를 찾지도 못 하고, 그런데도 친구들 없이는 제대로 지낼 수 없어서 치욕으 로 고통받게 된다면, 이제 정말로 고향도 없고 친구도 없게 된다면, 그럴 바에는 차라리 지금 그대로 낯선 땅에 있는 편 이 훨씬 더 낫지 않을까? 그런 상황에서 친구가 이리로 왔을 때 정말로 더 좋아질 거라고 생각할 수 있을까?

이런 이유에서 게오르크는 편지 연락을 계속 취하고 싶었 어도, 진짜 하고 싶은 말을 전할 수는 없었다. 아주 먼 친지에 게는 선뜻 보낼 수 있는 그런 내용도 전하기가 쉽지 않았다. 친구는 벌써 삼 년이 넘게 고향을 찾지 않았다. 그러고는 아

주 궁색한 이유를 댔다. 조그만 가게의 주인이 잠깐 자리를
비울 수도 없을 만큼 러시아의 정치적인 상황이 불안하다는
설명이었다. 그렇지만 그사이에도 수많은 러시아인들은 편안
하게 세상을 돌아다니고 있었다. 이렇게 지나간 삼 년 동안
게오르크에게는 많은 변화가 있었다. 이 년 전쯤 게오르크의
어머니가 죽었다. 그때부터 게오르크는 늙은 아버지와 한집
에서 살고 있다. 어머니의 죽음을 어떻게 전해 들었는지 친구
도 애도하는 마음을 상당히 무미건조하게 편지에 담아 보냈
다. 낯선 땅에서는 그런 일에 대한 슬픔을 상상하기 힘들기
때문이었을 것이다. 이제 어머니가 죽은 이후로 게오르크는
다른 모든 일과 마찬가지로 가게 일도 더욱 단호한 결단력을
가지고 처리할 수 있었다. 그리고 게오르크의 사업은 크게
번창했다. 어머니가 살아 있는 동안 아버지가 오로지 자기
생각만 옳다고 밀어붙였기 때문에 게오르크가 진짜 하고 싶
은 활동을 하지 못했기 때문일 수도 있다. 어머니가 죽고 난
이후에도 아버지는 계속 가게에서 일을 했지만 훨씬 소극적
으로 변한 것 같았다. 물론 어쩌면, 아니 거의 틀림없이, 그런
아버지의 변화보다는 행복한 우연이 더욱 중요한 역할을 했
을 것이다. 어떻든 게오르크의 사업은 두 해 동안에 전혀 기
대하지 않았던 성공을 거두었다. 사원을 두 배로 늘려야 했

고, 매상은 다섯 배가 되었으며, 앞으로도 더 큰 발전을 확실하게 기대할 수 있었다.

그렇지만 친구는 이런 변화에 대해 전혀 알지 못했다. 예전에 친구는 러시아로 오라고 게오르크를 설득하려고 했다. 어머니의 죽음을 애도하는 편지가 마지막이었을 것이다. 친구는 페테르부르크에 게오르크의 가게가 지점을 낼 경우 그 전망에 대해 조목조목 자세히 설명했다. 그때 제시한 숫자들은 현재 게오르크의 사업 규모에 비하면 아주 보잘것없는 것이었다. 그러나 게오르크는 친구에게 자기의 사업적 성공에 대해 알리고 싶지 않았다. 그런데 지금 와서 뒤늦게 그런 일을 알린다면, 정말로 이상하게 보일 것이다.

그래서 게오르크는 친구에게 언제나 별 의미 없는 일들에 대해서만 편지를 써 왔다. 편안한 일요일 날 과거를 되돌아보면 뒤죽박죽 머릿속에 쌓여 가는 그런 일들이었다. 오랜 시간이 흘렀어도 친구는 고향 도시에 대해 환상을 가지고 있을 것이다. 또한 그렇게 상상을 하는 것으로 만족하려고 했다. 게오르크는 그런 친구의 환상을 망쳐 버리고 싶지 않았던 것이다. 그 결과 상당히 긴 간격을 두고 보낸 세 통의 편지에 별로 상관도 없는 어느 사람이 별로 상관도 없는 어느 여자와 약혼을 하는 이야기를 매번 쓰는 일이 생겼다. 그나마 그 이야기를 그만 쓰게 된 것도 게오르크의 의도와는 전혀 다르게 친구가 이 기묘한 일에 대해 흥미를 갖기 시작했기 때문이었다.

그러나 게오르크는 자기 자신의 약혼 소식보다 차라리 그런 이야기를 쓰고 싶었다. 그는 한 달 전에 유복한 가정에서 자란 프리다 브란덴 펠트와 약혼을 했다. 종종 그는 그 친구에 대해, 그리고 편지를 주고받는 그 친구와의 독특한 관계에 대해 약혼녀와 이야기를 나누었다.

"그럼 그 친구는 우리 결혼식에 오지 않겠네요."

약혼녀가 말했다.

"그렇지만 나는 당신의 친구들을 모두 다 알 권리가 있어요."

"난 그 친구를 방해하고 싶지 않아."

게오르크가 대답했다.

"날 좀 이해해 줘. 틀림없이 그 친구는 오려고 할 거야, 적어도 난 그럴 거라 믿어. 그렇지만 그 친구는 강박감을 느끼고 상처를 받게 될 거야. 어쩌면 내가 부러워서, 자기 생활에 불만을 느끼게 될 것이고, 그러면 그런 불만을 지우지 못하고 홀로 다시 돌아갈 거라고. 혼자서, 그것이 뭘 의미하는지 알아?"

"알고 있어요. 그렇다고 해도 그 친구가 우리의 결혼에 대해 다른 방법으로 알 수도 있잖아요?"

"물론 그렇게 알게 되는 것이야 나도 막을 수 없어. 하지만 그 친구의 생활 방식을 보면 그럴 가능성은 거의 없어."

"당신이 그런 친구를 가지고 있다면, 게오르크, 당신은 나와 약혼하지 말았어야 해요."

"그래, 그것은 우리 두 사람의 잘못이야. 그렇지만 이제 와서 어떻게 바꾸고 싶지는 않아."

그러자 여자는 게오르크의 키스를 받고 가쁘게 숨을 쉬면서 말했다.

"그래도 어쨌든 마음이 편치 않아요."

약혼녀의 이런 말을 들으면서 게오르크는 친구에게 모든 것을 알리는 것도 큰 문제가 되지 않겠다는 생각을 했다.

"나는 이런 사람이야. 그러니까 친구도 나를 있는 그대로 받아들여야 해."

게오르크가 속으로 자기 자신에게 말했다.

"친구와의 우정을 위해 나 자신보다 더 잘 맞는 사람을 내 안에서 만들어 낼 수는 없는 일이야."

그리고 실제로 그는 일요일 오전에 쓴 이 장문의 편지에서 친구에게 자기의 약혼 소식을 알렸다.

"가장 좋은 소식을 끝까지 아껴 두고 있었네. 나는 유복한 가정의 처녀와 약혼을 했다네. 이름은 프리다 브란덴 펠트. 그녀의 집은 자네가 떠나고 한참 뒤에야 여기로 이사 왔으니, 자네는 거의 알 수가 없을 것이네. 내 신부에 대해 더욱 자세한 소식을 전할 기회가 있을 것이니, 오늘은 내가 아주 행복하다는 것과, 자네와 나의 관계가 조금 변했다는 이야기 정도로 만족해 주게나. 이제 자네는 아주 평범한 친구가 아니라 아주 행복한 친구를 갖게 된 것이니 말일세. 게다가 내 약혼녀도 자네에게 진실한 여자 친구가 되어 줄 수 있을 걸세. 그녀가 자네에게 다정한 인사를 전해 달라고 하네. 다음엔 직접 자네에게 편지를 쓰겠다는군. 자네 같은 총각에게는 의미 있는 일이 아니겠는가. 우리를 만나러 오는 것이 여러모로 어렵다는 것을 알고 있네. 그렇지만 내 결혼식은 그런 모든 복잡한 문제들을 한꺼번에 집어 던져 놓을 좋은 기회가 아니겠는가? 하지만 아무리 그렇다고 해도 너무 깊이 생각하지 말고 그저 자네 편의에 맞추어서 행동하게나."

이 편지를 손에 쥐고 게오르크는 얼굴을 창문 쪽으로 향한 채 오랫동안 책상 앞에 앉아 있었다. 한 아는 사람이 우연히 길을 지나가다가 그를 보고 인사했다. 게오르크는 가까스로 멍한 웃음을 지어 대답했다.

마침내 게오르크는 편지를 주머니에 넣고 그의 방에서 나왔다. 그러곤 작은 복도를 지나 아버지의 방으로 향했다. 벌써 몇 달 동안 들어가 본 적이 없었다. 물론 그럴 필요도 없었다. 아버지와는 항상 가게에서 마주치고 있으며, 점심 식사도 같은 식당에서 같은 시간에 하고 있기 때문이다. 저녁이면 각자 원하는 대로 생활했다. 게오르크는 주로 친구들과 어울렸다. 요새는 약혼녀를 찾아가는 일이 잦아졌다. 하지만 그렇지 않은 경우 대개 게오르크와 아버지는 잠시 동안 자기 나름의 신문을 보면서 함께 거실에 앉아 있었다.

게오르크는 이렇게 화창한 오전에도 아버지의 방이 몹시 어두운 것에 놀랐다. 좁은 마당 건너편의 높은 담장이 진한 그림자를 드리우고 있었다. 아버지는 창가 구석에 앉아 신문을 읽고 있었다. 그 구석은 죽은 아내의 기억이 담겨 있는 여러 가지 물건들로 장식되어 있었다. 아버지는 좋지 않은 시력을 보완하기 위해 신문을 눈앞에 삐뚜름하게 들고 읽고 있었다. 탁자 위에는 아침 식사를 하다 남겨 놓은 음식이 있었다. 거의 손도 대지 않은 것처럼 보였다.

"아, 게오르크!"

아버지가 이렇게 말하면서 즉시 그를 맞아들였다. 아버지의 무거운 잠옷 윗도리가 걸어오면서 풀어 헤쳐졌고 그 자락이 아버지를 휘감고 펄럭였다.

"아버지는 여전히 거인이시구나."

게오르크가 혼잣말로 중얼거렸다.

"이 방은 정말 견디기 힘들 정도로 어두워요."

그러고서 그가 말했다.

"그래, 어둡기는 하지."

아버지가 대답했다.

"창문도 닫아 두셨네요?"

"난 그 편이 더 좋다."

"바깥이 아주 따뜻한데요."

게오르크가 말했다. 앞서 했던 말을 뒤늦게 잇는 듯했다. 그리고 자리에 앉았다.

아버지는 아침 식사가 담겨 있는 그릇들을 탁자 위에서 들어내 상자 위로 옮겨 놓았다.

"제가 말씀드리고 싶은 것은요."

늙은 아버지의 움직임을 멍하니 쫓으면서 게오르크가 말을 이어 갔다.

"이제 페테르부르크로 저의 약혼 소식을 알리려고요."

그는 편지를 주머니에서 조금 꺼냈다가 다시 집어넣었다.

"페테르부르크에는 왜?"

아버지가 물었다.

"제 친구에게 말이에요."

게오르크가 말했다. 그리고 아버지의 눈을 찾았다.

'가게에서 보는 아버지 모습하고는 완전히 달라.' 게오르크가 생각했다.

'여기선 의젓하게 버티고 앉아 가슴 앞에 팔짱을 지르고 계시잖아.'

"그래, 네 친구에게 보낸단 말이지."

아버지가 강조하듯이 말했다.

"아버지도 아시잖아요. 저는 처음에 그 친구에게 저의 약혼 소식을 감추려고 했어요. 그건 친구를 걱정해서였어요. 다른 이유는 절대 없어요. 아시다시피 그 친구는 까다로운 사람이에요. 물론 다른 경로로 저의 약혼에 대해 알게 될 수도 있겠지요. 그렇지만 그 친구가 워낙 고립된 생활을 하는지라 그럴 가능성은 거의 없겠지요. 그래도 그런 식으로 알게 된다면 저도 어떻게 막을 수는 없어요. 하지만 제가 직접 그에게 그 일을 알려 주고 싶지는 않았어요."

"그런데 이제 다시 다른 생각이 드는 거냐?"

아버지는 이렇게 물으면서 커다란 신문을 창틀 위에 놓고, 다시 그 위에 손으로 잡고 있던 안경을 올려놓았다.

"네, 이제 다시 생각해 보기로 했어요. 그리고 이런 생각이 들었어요. 정말 좋은 친구라면 저의 행복한 약혼을 그 친구도 역시 행복으로 느낄 거라고요. 그래서 이제 더 이상 주저하지 않고 그 친구에게 제 약혼 소식을 알리려고요. 그렇지만 편지를 보내기 전에 아버지 말씀도 들어 보고 싶어요."

"게오르크."

아버지가 말했다. 그러고는 치아가 없는 입술을 길게 옆으로 늘였다.

"우선 말이다! 그런 일 때문에 나에게 찾아왔다 이 말이지, 나의 충고를 듣고 싶어서. 정말 칭찬받을 일이로구나. 그렇지만 아무것도 아니지, 지금 네가 완전히 진실을 말하지 않는다면, 아무것도 아니야, 그저 짜증만 날 뿐이다. 이 일과 관계없는 것들까지 들춰내고 싶지는 않다. 너의 소중한 어머니가 죽은 후부터 좋지 않은 일들이 있었다. 아마 그런 일들에 대해서도 말할 시간이 올 것이다. 어쩌면 우리 생각보다 더 일찍 올지도 모르지. 가게에서는 많은 일들이 내가 모르게 진행되고 있어. 나한테 일부러 감추는 것이 아닐 수도 있겠지. 지금은 일부러 내게 숨기려 한다고 생각하고 싶지는 않구나. 나는 이제 더 이상 기력이 충분하지 않아, 기억력도 떨어졌고, 그 많은 일들을 모두 살펴볼 수는 없단다. 그렇게 된 첫 번째 이유야 당연히 자연이 흐르는 대로 늙어 버린 탓일 테지, 두 번째 이유는 네 어머니의 죽음이 너보다는 나에게 훨씬 큰 괴로움이었기 때문이다. 그렇지만 지금은 이 일 하나만 갖고 얘기해야 하니까, 이 편지 말이다. 제발 부탁이다, 게오르크. 날 속이지 마라. 이건 사소한 일이야. 숨 한 번 내쉴 가치도 안 되는 일이라고. 그러니 날 속이지 마라. 정말 페테르부르크에 이런 친구가 있니?"

게오르크는 당황하여 벌떡 일어섰다.

"제 친구들 얘기는 그만두지요. 수천 명의 친구들도 아버지를 대신할 수는 없어요. 제가 무슨 말씀을 드리는지 아시겠어요? 아버지는 너무 무리를 하고 있어요. 그렇지만 세월은 그만큼의 권리를 요구하는 법이에요. 아버지는 가게에서 제게 꼭 필요하신 분이에요. 아버지도 잘 아실 거예요, 하지만 가게 일이 아버지의 건강을 위협한다면, 저는 당장 내일이라도 영영 문을 닫아 버릴 거예요. 아버지가 편찮으시면 안 돼요. 당장 아버지를 위해서 생활 방식을 바꾸어 봐야겠어요. 그것도 완전히 말이에요. 이 방은 너무나 어두워요. 이렇게 어둠 속에 앉아 계시지 말고 거실로 나가시면 기분 좋은 햇볕을 쬐실 수 있을 텐데요. 제대로 드셔서 힘을 내셔야 할 텐데, 아침 식사는 살짝 입만 대셨잖아요. 창문을 닫아걸지 않으면 공기가 아버지에게 아주 좋을 거예요. 아니에요, 아버지! 제가 의사를 불러오겠어요. 의사의 지시에 따르는 편이 좋겠어요. 우리 방을 바꾸도록 해요. 아버지가 저 앞쪽 방으로 옮기고, 제가 이리로 오지요. 모든 물건을 다 옮길 테니까 아버지가 큰 변화를 느끼시지는 않을 거예요. 그렇지만 그런 모든 일은 나중에 할 수 있으니 우선 지금은 잠시 자리에 누워 쉬세요. 아버지는 절대로 휴식이 필요해요. 어서요, 옷 벗는 것을 도와드릴게요. 어디 한번 보세요, 제가 할 수 있어요. 아니면 바로 앞방으로 가시겠어요, 그러면 일단 제 침대에 누우시고요. 그게 제일 좋을 것 같아요."

게오르크는 아버지 바로 곁으로 다가갔다. 아버지는 하얀 머리칼이 헝클어져 있는 머리를 가슴에 파묻고 있었다.

"게오르크."

아버지가 조금도 움직이지 않고 나지막하게 말했다.

게오르크는 즉시 아버지 곁에 무릎을 꿇고 앉았다. 아버지의 피곤한 얼굴에서 눈동자가 지나치게 커져 있는 눈초리가 자신을 향하고 있는 것을 보았다.

"넌 페테르부르크에 친구가 없다. 너는 항상 농담을 해서 사람들을 웃기곤 했어. 내 앞에서도 조금도 덜하지 않았지. 어떻게 네가 하필이면 그런 곳에 친구가 있을 수 있겠니! 난 절대로 믿을 수가 없구나."

"한번 잘 생각해 보세요, 아버지."

게오르크가 말했다. 아버지를 안락의자에서 일으켜 세워 정말 간신히 서 있는 동안 잠옷을 벗겼다.

"이제 조금 지나면 삼 년이 되겠네요. 제 친구가 우리 집을 방문했던 때가요. 아버지가 그 친구를 별로 탐탁지 않아 하셨던 것으로 기억해요. 적어도 두 번은 제가 아버지 앞에서 그 친구가 없다고 말했어요. 제 방에 와서 앉아 있는데도 말이에요. 물론 저는 아버지가 그 친구를 싫어하셨던 이유를 잘 이해할 수 있어요. 제 친구는 별난 구석이 있으니까요. 그렇지만 그 뒤로 아버지는 다시 그 친구와 아주 즐겁게 대화하셨어요. 아버지가 그 친구의 말에 귀를 기울이고, 고개를 끄덕이고 또 묻기까지 해 주셔서 제가 그때 얼마나 흐뭇하던지. 잘 생각해 보시면 기억이 나실 거예요. 그 친구는 그때 러시아 혁명에 대한 믿기 힘든 이야기를 들려 주었어요. 예를 들면, 혁명이 일어났을 때 키예프로 출장 여행을 갔다가 어느 발코니에서 한 성직자를 보았다는 얘기요. 그 성직자가 손바닥을 펴고 크게 피의 십자가를 긋고는 그 손을 들어 올리고 군중을 소리쳐 불렀다고 했잖아요. 아버지도 여기저기서 그 이야기를 옮기시곤 했어요."

그러는 사이에 게오르크는 아버지를 다시 앉히고 면 속옷 위에 입고 있는 모직 옷감의 바지와 양말을 조심스럽게 벗길 수 있었다. 별로 깔끔하지 않은 속옷을 보고 게오르크는 아버지를 너무 소홀하게 내버려두었구나 생각하고 스스로를 비난했다. 아버지가 제때 속옷을 갈아입고 있는지 관심을 가지는 일은 분명히 게오르크 자신의 의무였을 것이다. 그는 장래에 아버지를 어떻게 모셔야 할지 약혼녀와 확실하게 말한 바가 없었다. 그들은 은연중에 아버지는 계속 사시던 집에 혼자 남아 계시는 것으로 예상하고 있었기 때문이다. 그렇지만 이제 게오르크는 아버지를 장래의 자기 집으로 모시기로 단호하게 결심했다. 가만히 잘 생각해 보면, 아버지에게 정작 도움이 필요할 때 너무 늦어서야 아버지를 보살펴 드릴 수 있을 것 같았기 때문이다.

아버지를 팔에 안아 들고 침대로 갔다. 침대로 가는 몇 발자국 동안 가슴에 안긴 아버지가 그의 가슴에 달린 시곗줄을 가지고 놀고 있음을 알았을 때, 게오르크에게 섬뜩한 느낌이 일었다. 아버지가 시곗줄을 너무나 꼭 잡고 있어서 게오르크는 아버지를 바로 침대에 눕힐 수 없었다.

그렇지만 정작 아버지가 침대에 눕자 곧바로 모든 것이 좋아 보였다. 아버지는 스스로 이불을 덮었다. 어깨 한참 위까지 유난히 많이 이불을 끌어당겼다. 아버지는 아주 다정한 눈길로 게오르크를 쳐다보았다.

"그렇지요, 이제 그 친구가 기억나시지요?"

게오르크는 이렇게 물으면서 아버지에게 힘을 주려는 듯 고개를 끄덕여 주었다.

"지금 내가 잘 덮고 있니?"

발이 잘 덮여 있는지 살펴볼 수 없다는 것처럼 아버지가 물었다.

"침대에 누우니 벌써 훨씬 좋으신가 보네요."

게오르크가 말했다. 그리고 이불을 더 잘 덮어 주었다.

"내가 잘 덮고 있니?"

아버지가 다시 한번 물었다. 그 질문에 대한 대답에 특별한 관심을 가지고 있는 듯했다.

"걱정 마세요, 잘 덮여 있어요."

"아냐!"

게오르크의 대답이 질문에 맞지 않는다는 듯 아버지가 소리쳤다. 그리고 이불을 힘껏 집어 던졌다. 이불은 한순간 공중에서 활짝 펼쳐져 있었다. 아버지가 다시 침대 위에서 똑바로 섰다. 한 손으로 천장 장식을 가볍게 짚고 있을 뿐이었다.

"넌 나를 덮어 버리고 싶겠지, 난 그것을 알고 있어. 이놈아,

그렇지만 나는 아직 덮여 있지 않아. 그리고 최후의 힘이지만 너 정도는 충분하지. 너에게는 남아돌 정도라고. 난 네 친구를 알고 있어. 내 마음으로는 아들이나 다름없는 아이지. 그런 이유로 너는 그렇게 몇 년 동안 그 친구를 속인 게야. 그렇지 않다면 왜 그랬겠어? 내가 그를 위해 울지 않았다고 생각하니? 그래서 아무도 널 방해하지 못하게 사무실에 꽁꽁 틀어박혀 있는 것이겠지. 사장님이 몹시 바쁘시다, 모두들 그렇게 생각해야 네가 러시아로 보내는 거짓 편지를 쓸 수 있을 테니까. 그렇지만 다행히 아버지가 아들 방을 들여다보는 것은 누구한테서도 배울 필요가 없는 일이지. 지금 네가 생각하고 있는 것처럼 넌 그 애를 마음대로 할 수 있을 거야. 엉덩이로 깔아뭉갤 수 있을 정도로 완전히 네 마음대로 할 수 있겠지. 그래서 그 애는 움직이지도 못하는 거야. 그러고서 나의 훌륭하신 아드님께서는 결혼을 하기로 결정했지!"

게오르크는 아버지의 끔찍한 얼굴을 보았다. 아버지는 갑자기 페테르부르크의 친구를 너무나 잘 알고 있다. 그러자 그 어느 때보다도 더욱 심하게 그 친구가 게오르크의 마음을 파고들었다. 드넓은 러시아에서 길을 잃고 헤매는 그가 보였다. 텅 비어 있는, 몽땅 도둑을 맞은 상점 문 앞에 서 있는 그가 보였다. 무너져 내린 선반과 갈가리 찢긴 물건들, 떨어진 가스등이 마구 뒤섞인 폐허 사이에 그는 여전히 서 있었다. 왜 그는 그렇게 멀리 떠나야 했단 말인가!

"그렇지만 나를 봐라!"

아버지가 소리쳤다. 그리고 게오르크는 거의 넋이 나간 상태로 모든 일을 알아내려고 침대로 달려갔다. 그러나 가는 중간에 멈추어 섰다.

"그년이 치마를 걷어 올렸기 때문에."

아버지가 노래하듯 말하기 시작했다.

"그년이 치마를 이렇게 올렸기 때문에, 꼴 보기 싫은 년."

아버지는 그 모습을 흉내 내느라 내의를 높이 들어 올렸고, 그래서 전쟁에서 얻은 허벅지의 흉터가 드러났다.

"그년이 치마를 이렇게 또 이렇게 또 이렇게 걷어 올렸기 때문에, 너는 그년에게 다가갔고, 아무 간섭받지 않고 그년과 함께 지내며 만족을 얻기 위해, 돌아가신 어머니의 기억을 망쳤고, 친구를 배신하고, 움직이지 못하도록 아버지를 침대로 밀어 넣었다. 그렇지만 아버지가 움직일 수 있나 없나?"

그리고 아버지는 아무 곳도 짚지 않고 서서는 다리를 쭉 뻗었다. 아버지는 모두 다 알았다는 기쁨으로 잔뜩 흥분해서 벌겋게 달아올라 있었다.

게오르크는 최대한 아버지에게서 멀리 떨어져서 방 한구

석에 서 있었다. 한참 전에 그는 모든 것을 철저하고 정확하게 관찰하기로 결심했었다. 돌아가는 길에서든, 뒤쪽에서든, 위로부터든 어떤 식으로도 기습을 당하는 일을 피하기 위해서였다. 이제 다시 오래전에 잊어버렸던 그 결심을 기억해 냈다. 그리고 그것을 잊어버렸다. 바늘귀를 통해 짧은 실을 휙 잡아채는 것처럼.

"그렇지만 그 친구는 배신당하지 않았어!"

아버지가 소리쳤다. 그러고는 집게손가락을 내밀어 앞뒤로 흔들어 가며 자기 말에 힘을 주었다.

"나는 그 친구를 대신해서 여기 이 자리에 있다."

"코미디언이로군요!"

게오르크는 참지 못하고 이렇게 소리쳤다. 그러고는 곧바로 잘못했음을 깨닫고 눈을 동그랗게 뜨고 몸이 딱 꺾일 정도로 고통스럽게 혓바닥을 깨물었다. 너무 늦은 후회였다.

"그렇지, 물론 나는 코미디를 하고 있다! 코미디! 좋은 말이야! 늙은 홀아비 아버지에게 어떤 다른 위안이 있겠니? 그 대답을 하는 순간이라도 진짜 내 아들이 되어 주렴. 말해 봐라, 나에게 뭐가 더 남아 있겠는지. 파렴치한 직원들에게 쫓겨서 뒷방에 갇히고 이렇게 뼛속까지 늙은 나에게 무엇이 더 남아 있겠느냐? 그런데도 내 아들은 환호성을 지르며 세상으로 나아간다. 내가 시작하고 일으켜 세운 가게를 닫아 버리고, 만족에 겨워 뒹굴면서. 그러고는 자기 아버지 앞에서 명예로운 남자의 과묵한 얼굴을 하고서 세상으로 나가겠다고! 내가 너를 사랑하지 않는다고 믿는 거니, 너를 세상에 나오게 한 내가?"

'이제 아버지는 몸을 앞으로 굽힐 거야.' 게오르크가 생각했다.

"아버지가 떨어져서 박살이 난다면!"

이런 말이 그의 뇌리를 휙 스쳐 갔다.

아버지는 몸을 앞으로 굽혔지만 떨어지지는 않았다. 기대와 달리 게오르크가 가까이 다가오지 않으니까 아버지는 다시 몸을 똑바로 세웠다.

"네 자리에 그냥 그대로 있어라. 나는 네가 필요 없어! 너에게 여기까지 올 수 있는 힘이 남아 있다고 생각하겠지, 그런데도 네가 그러고 싶어서 그냥 거기 서 있는 거라고 말이야. 완전히 착각하는 거야! 아직도 나는 너보다 훨씬 강해. 혼자였다면 어쩌면 물러나야 했을지도 모르지. 하지만 네 어머니가 이렇게 자기 힘을 나에게 주었거든. 게다가 나는 네 친구와 멋지게 한편이 되어 있고, 네 고객의 명단을 나는 여기 주머니 속에 가지고 있어!"

"심지어 내의에도 주머니를 가지고 있구나!"

게오르크가 혼잣말을 했다. 그리고 그가 이 말을 해서 온 세상에서 아버지의 체면을 잃게 만들 수도 있겠다고 생각했다. 그런 생각을 한 것은 아주 잠깐뿐이었다. 그러고는 모든 것을 영원히 잊어버렸다.

"네 신부에게 그렇게 대롱대롱 매달려서 나에게 덤벼 봐라! 내가 그 여자를 네 곁에서 싹 쓸어 내 버릴 테니. 넌 어쩔 줄 모르겠지!"

게오르크는 그 말을 믿지 못하겠다는 듯 인상을 찌푸렸다. 아버지는 자기가 한 말의 진실을 재삼 강조하느라 계속해서 게오르크가 있는 구석을 향해 고개를 끄덕였다.

"약혼에 관해 네 친구에게 편지를 써야 하느냐고 나에게 와서 물어봐 주다니 넌 오늘 정말 나를 즐겁게 해 주는구나. 하지만 그는 모든 것을 알고 있다. 이 어리석은 아이야, 그 친구가 모든 것을 알고 있다고! 내가 그에게 편지를 썼다. 네가 나에게서 필기구를 빼앗는 걸 잊어버린 덕분이지. 벌써 몇 년 동안 그 친구가 오지 않은 것도 그 때문이야. 그는 모든 걸 너 자신보다 백 배는 더 잘 알고 있지. 그는 네 편지를 읽지도 않고 왼손으로 구겨 버렸다. 그러고는 오른손으로 내 편지를 들고 읽었던 거야!"

아버지는 감격에 겨워 팔을 머리 위로 쳐들고 흔들어 댔다.

"그는 모든 것을 천 배는 더 잘 알고 있어!"

아버지가 소리쳤다.

"만 배겠지요!"

게오르크가 말했다. 아버지를 비웃기 위해서였다. 그런데 그 말은 그의 입속에서 너무나 진지하게 울려 나왔다.

"몇 년 전부터 나는 벌써 가만히 지켜보고 있었다. 언제쯤 네가 이 문제를 가지고 나를 찾아올 것인가 하고! 내가 무슨 다른 일에 신경을 썼다고 생각하니? 내가 신문을 읽었다고 생각해? 자, 봐라!"

그러면서 아버지는 어떻게 해서인지 침대로 가지고 들어간 신문 한 장을 게오르크에게 던졌다. 게오르크가 전혀 모르는 이름을 가진 오래된 신문이었다.

"얼마나 오래 머뭇머뭇 참고 있었을까. 네가 어른이 될 때까지 말이다! 어머니는 죽을 수밖에 없었어. 어머니는 이런 환희의 날을 체험할 수 없었지. 친구는 그의 러시아에서 몰락하고 있다. 벌써 삼 년 전에 누런색이 되어 내버려진 꼴이지. 그리고 나는, 잘 보고 있겠지. 내가 어떤 모습인지. 그러려고 눈을 달고 있을 테니까!"

"그러니까 저를 공격하려고 숨어서 기다렸단 말이군요!"

게오르크가 소리쳤다.

아버지가 동정하듯이 덧붙여 말했다.

"그 말을 더 일찍 하고 싶었겠지. 이제는 전혀 맞지 않는 말이잖아."

그리고 이제 더 큰 목소리로 말했다.

"이제 너도 알겠지. 너 말고도 무엇이 있는지. 이제까지 너는 오로지 너 자신만을 알았지! 너는 본래 순수한 아이였어. 그렇지만 더 본래의 네 모습은 악마 같은 인간이었어! 그런 이유에서 이제 알리노니, 너에게 물에 빠져서 죽을 것을 선고하노라!"

방을 나서면서 게오르크는 쫓겨나는 느낌이었다. 뒤에서 아버지가 침대 위로 쓰러지는 소리가 들렸다. 그 소리는 아직도 그의 귓가를 맴돌았다. 기울어진 평면 위를 달리듯이 서둘러 계단을 내려갔다. 계단에서 부딪힌 가정부가 깜짝 놀랐다. 가정부는 밤이 지난 후의 집을 청소하기 위해 막 올라가는 참이었다.

"아이고 예수님!"

가정부가 소리를 지르면서 앞치마로 얼굴을 가렸다. 그렇지만 게오르크는 벌써 그곳을 지나치고 없었다. 대문 밖으로 뛰어나간 그는 찻길을 건너 강으로 달려갔다. 벌써 그는 굶주

린 자가 음식을 잡듯이 난간을 꼭 움켜잡고 있었다. 그러고
서 훌쩍 난간을 뛰어넘었다. 소년 시절 부모의 자랑이었던 뛰
어난 체조 선수다운 멋진 모습으로. 게오르크는 점점 약해지
는 손으로 아직도 난간을 잡고 있었다. 그리고 난간 기둥 사
이로 버스를 보았다. 버스는 그가 추락하는 소리를 아주 쉽
게 감춰 버릴 것이다. 나직한 목소리로 외쳤다.

"아버지, 어머니, 전 그래도 항상 부모님을 사랑했습니다."

그러고는 강물로 몸을 던졌다.

이 순간 다리 위로 거의 끝이 보이지 않는 교통 왕래가 이
어졌다.

변신

Die Verwandlung
변신

I

어느 날 아침, 그레고르는 악몽을 꾸다 잠에서 깨어났다. 그리고 침대에 누워 있는 자신이 흉측한 벌레로 변했다는 것을 알았다. 그는 철판처럼 단단한 등짝을 침대 바닥에 대고 누워 있었다. 머리를 조금 들어 올렸을 때, 둥글게 부풀어 오른 갈색의 배가 보였다. 활처럼 굽은 모양의 각질판이 배를 여러 마디로 갈라놓고 있었다. 침대 이불은 그레고르의 배를 제대로 덮어 주지 못하고 이미 거의 미끄러져 떨어져 있었다. 수많은 다리가 보였다. 몸뚱이의 다른 부분에 비하면 한심할 정도로 가는 다리들이 맥없이 바들바들 떨고 있었다.

'도대체 무슨 일이지?' 그레고르는 생각했다. 꿈이 아니었다. 조금 작은 편이기는 해도 분명히 사람이 살 수 있게 제대로 갖춰진 그레고르의 방은 평소처럼 익숙한 네 벽 사이에 편안하게 자리 잡고 있었다. 그레고르는 줄곧 출장을 다녀야 하는 외판 사원이었다. 책상에는 여행 가방에서 꺼내 놓은 직물 견본들이 여러 개 늘어져 있었다. 책상 위쪽 벽에는 얼마 전 잡지 화보에서 오려 내 예쁜 금색 액자에 집어넣은 사진이 걸려 있었다. 사진 속에는 모피 모자와 모피 목도리를 걸친 한 여자가 꼿꼿하게 앉아서 자기를 쳐다보는 얼빠진 사람들 눈앞에다 팔꿈치 아래를 완전히 감싼 두툼한 모피 토시를 뽐내듯 내밀고 있었다.

그레고르의 시선이 창문을 향했다. 흐린 날씨였다. 창턱을 두드리는 빗방울 소리가 들려왔다. 그 소리는 그레고르를 아주 우울하게 만들었다. '조금 더 자면서 그 멍청한 짓들을 다 잊어버린다고 해서 뭐 큰일이야 있겠어.' 그레고르는 생각했다. 그렇지만 다시 잠이 드는 것은 도저히 불가능했다. 그는 습관적으로 오른쪽으로 누워서 잠을 잤다. 그렇지만 지금 그의 상태로는 도저히 그 자세를 취할 수 없었던 것이다. 있는 힘을 다해 오른쪽으로 돌아누워 보아도, 언제나 몸뚱이는 다시 등을 대고 누운 자세로 돌아와 그네처럼 흔들거렸다. 골백번도 더 몸을 돌리려고 애써 보았다. 그러면서 그레고르는 눈을 감고 있었다. 버둥대는 다리들을 보고 싶지 않았기 때문이다. 그러다가 옆구리에 이제까지 한 번도 느껴 본 적이 없었던, 가볍고 무지근한 고통이 느껴져 돌아누워 보려는 시도를 그만두고 말았다.

'아 세상에.' 그는 생각했다. '하필이면 왜 이렇게 힘든 직업을 택했을까! 매일매일 떠돌아다녀야 하고. 이놈의 출장 영업은 보통 내근보다 훨씬 더 힘들잖아. 여행하면서 하도 고생을 하니까 이제 완전히 진이 빠져 버렸어. 기차 갈아탈 걱정에 불규칙하고 형편없는 식사, 사람들하고의 관계는 길게 이어지지도 못하고, 진심으로 대하는 적이 한 번도 없지. 깡그리 다 사라져 버렸으면!' 배 위쪽이 조금 간지러웠다. 등을 조금씩 움직여 천천히 침대 기둥 쪽으로 다가갔다. 머리를 더 쉽게 들어 올리기 위해서였다. 간지러운 자리가 보였다. 무엇인지 알 수 없는 하얗고 작은 점들로 덮여 있을 뿐이었다. 다리 하나를 움직여 만져 보려 하다가 곧바로 그만두었다. 다리가 닿는 순간 온몸에 오싹 소름이 끼쳤기 때문이었다.

그레고르는 조금 전의 자리로 미끄러져 되돌아왔다. '너무 일찍 일어나면.' 그는 생각했다. '사람이 아주 멍청해지는 거야. 사람은 충분히 잠을 자야 해. 다른 외판 사원들은 왕의 후궁들마냥 편하게 살고 있잖아. 오전 중에 따낸 계약을 기록하려고 여관으로 돌아오면 그 사람들은 그제야 아침 식사를 즐기고 있지. 내가 우리 사장 있는 데서 그래 보라고. 아마 그 자리에서 모가지가 날아갈걸. 하기야 그렇게 해고당하는 게 과연 나한테 나쁜 일일까, 그거야 누가 알겠어. 내가 어머니, 아버지 때문에 주저하지 않았다면, 벌써 옛날에 그만두었을 거야. 사장 앞에 당당히 나서서 마음에 담아 둔 생각을 솔직하게 털어놓는 거지. 분명히 사장은 사무실 책상에서 떨어질 거야! 사무실 책상에 걸터앉아 높은 데서 내려다보며 직원들과 대화를 나누다니 참 방법도 별나지, 거기에다 사장은 귀도 잘 안 들려서 사장하고 말하려면 아주 가까이 다가가야 하잖아. 그래도 아직 완전히 희망을 버릴 단계는 아니야. 언젠가는 부모님이 사장한테 진 빚을 다 갚을 만큼 돈을 모을 거야. 그러려면 아직도 오륙 년은 더 걸리겠지. 그래도 기필코 해내고 말겠어. 그러면 큰 산을 하나 넘는 거지. 그전에 우선 일어나야지, 내가 탈 기차가 다섯 시에 출발하니까.'

그러고서 그레고르는 옷장 위에서 똑딱거리고 있는 알람 시계를 쳐다보았다. '어이쿠 세상에나!' 그는 생각했다. 벌써 여섯 시 반을 가리키고 있었다. 시곗바늘은 계속 앞으로 달려가 반을 지나서 벌써 사십오 분에 가까워지고 있었다. 알람이 울렸을까? 알람을 제대로 네 시에 맞춰 놓은 것이 침대에서도 잘 보였다. 틀림없이 알람은 울렸다. 그렇다, 그런데 가구를 뒤흔들 정도로 시끄러운 그 소리를 무시하고 어떻게 편안하게 늦잠을 잘 수 있었을까? 물론 편안하게 잠잘 수는 없었다. 어쩌면 그렇기 때문에 더 깊게 잠을 잤는지 모른다.

놓친 기차를 따라잡기 위해선 정신없이 서둘러야 할 것이다. 견본품들도 챙겨 넣어야 한다. 그런데 느낌이 영 개운하지 않고 움직이기도 힘들다. 그리고 기차를 따라잡는다 하더라도 사장의 호통 소리는 피할 길이 없다. 급사가 다섯 시 기차를 기다렸다가 그레고르가 늦었다는 소식을 벌써 전했을 테니까. 급사는 사장의 꼭두각시로 줏대도 생각도 없는 놈이었다. 아파서 못 갔다고 하면 어떨까? 그렇지만 그런 핑계를 대는 것은 너무나 창피한 일일뿐더러 의심을 받기도 할 것이다. 오년 동안 근무하면서 한 번도 아파 본 적이 없었기 때문이다. 사장은 분명히 의료 보험사의 의사를 데리고 찾아올 것이다. 그레고르의 부모는 게으른 아들 때문에 비난을 받게 될 것이다. 의료 보험사의 의사에게는 언제나 완전히 건강한 사람만 있다. 아픈 사람들은 건강하지만 일하기 싫어하는 사람들이다. 의사의 그런 의견을 근거로 사장은 모든 반대 의견을 묵살해 버릴 것이다. 더구나 지금 이 경우에도 의사의 의견이 완전히 부당하다고만 말할 수 있을까? 긴 잠을 자고 난 지금 그는 정말 이유 없이 졸렸다. 그렇지만 그것만 빼면 그레고르는 실제로 아주 편안한 상태였고, 심지어 아주 심한 배고픔을 느끼기까지 했다.

침대에서 일어날 것인지도 결정하지 못한 채 이런 모든 일들을 생각하느라 번개처럼 빠르게 머리를 돌리고 있을 때, 알람 시계는 여섯 시 사십오 분을 가리켰고, 침대 머리 쪽에 있는 문을 조심스럽게 노크하는 소리가 들렸다.

"그레고르."

목소리가 들렸다. 어머니였다.

"여섯 시 사십오 분이다. 가야 하지 않니?"

너무나 부드러운 어머니의 목소리! 그레고르는 어머니의 물음에 대답하는 자기 목소리를 듣고 깜짝 놀랐다. 너무나 분명하게 자기 목소리 그대로이기는 했지만 깊은 곳에 고통스러운 벌레 우는 소리가 섞여 나왔다. 아무리 내지 않으려고 해도 어쩔 수가 없었다. 그 이상한 소리 때문에 그레고르의 말은 처음에는 아주 또렷하게 형태를 유지하다가도 뒤로 가면서 듣는 사람이 과연 제대로 들었는지 의심스러울 정도로 망가져 버리고 말았다. 그레고르는 자세하게 대답하고, 모든 것을 해명하고 싶었다. 그렇지만 지금 이 상황에서 할 수 있는 일이라곤 이렇게 말하는 것뿐이었다.

"네, 네, 고마워요, 어머니. 금방 일어나요."

나무 문 너머로 들리는 탓에 그레고르의 목소리가 변한 것을 밖에서는 눈치챌 수 없는 듯했다. 어머니는 그의 말에 안심하고 신발을 질질 끌면서 방문 앞에서 멀어져 갔다. 그러나 어머니와의 그 짧은 대화를 통해서 그레고르가 아직 집에 있다는 사실을 다른 가족들도 알게 되었다. 그레고르가 여태 집에 있다는 것은 전혀 뜻밖의 일이었다. 곧장 아버지가 옆문을 두드렸다. 약하게, 하지만 주먹으로.

"그레고르. 그레고르."

아버지가 불렀다.

"무슨 일이니?" 그리고 잠시 후에 다시 한번 더 나직한 목소리로 재촉했다.

"그레고르! 그레고르!"

다른 쪽 옆문에서는 누이동생이 조그만 소리로 슬프게 말했다.

"오빠? 어디 불편한 거야? 뭐가 필요해?"

그레고르는 양쪽에다 대답했다.

"거의 다 됐어요."

그레고르는 아주 조심스럽게 발음하고, 각 단어들 사이를 길게 끊어 목소리에서 의심받을 만한 부분을 완전히 없애 보려고 애쓰면서 말했다. 아버지는 다시 아침 식사를 하러 갔다. 그렇지만 누이는 여전히 문 앞에 서서 이렇게 속삭였다.

"오빠, 문 열어 제발."

그러나 그레고르는 문을 열 생각이 전혀 없었다. 오히려 계속 출장을 다니면서 생긴 습관 탓에 밤이 되면 집에서도 문을 모두 걸어 잠그는 것이 참 다행이라고 생각했다.

우선은 방해받지 않고 편안하게 일어나고 싶었다. 옷을 입고, 또 무엇보다 아침 식사를 하고 싶었다. 다른 일들을 생각하는 것은 그런 다음에나 하고 싶었다. 침대에 누워서는 아무리 깊이 생각해 본다고 해도 어차피 이성적인 결론을 얻을 수 없을 것 같았다. 생각해 보면 벌써 여러 차례 침대에 누워서 가벼운 고통을 느꼈던 적이 있었다. 아마도 잘못된 자세 때문이었을 것이다. 그렇지만 자리에서 일어날 때면 그런 고통은 순전히 상상으로 밝혀지곤 했다. 그리고 오늘 그가 하고 있는 상상은 어떻게 사라지게 될까, 이제 그레고르는 은근히 흥미와 긴장을 느꼈다. 목소리가 변한 것은 외판 사원의 직업병이라고 할 수 있는 호된 감기의 초기 증상에 불과할 것이다. 그레고르는 그런 자기의 생각을 조금도 의심치 않았다.

이불을 떨쳐 내는 일은 아주 간단했다. 그저 몸을 조금 부풀리니 저절로 떨어졌다. 그렇지만 그다음이 어려웠다. 무엇보다 그의 몸뚱이가 너무나 넓었기 때문이었다. 몸을 일으키기 위해서는 팔과 손이 필요했다. 그런데 그에게 달려 있는 것이라곤 쉴 새 없이 사방으로 떨어 대는 여러 개의 작은 다리들뿐이었다. 게다가 그 다리들은 제멋대로여서 영 마음대로

움직일 수 없었다. 다리 하나를 구부려 보려고 하면, 그 다리
는 먼저 쭉 펴졌다. 마침내 그 다리를 마음먹은 대로 움직이
는 데 성공하면, 그사이에 다른 모든 다리들이 고삐 풀린 망
아지처럼 흥분해서 미친 듯 고통스러울 정도로 움직여 댔다.

"아무 쓸모없이 침대에만 있을 수는 없잖아."

그레고르가 혼잣말로 중얼거렸다.

우선 몸뚱이 아랫부분부터 침대에서 벗어나 보려고 했다.
그렇지만 아직 쳐다보지도 못해서 어떻게 생겼는지 제대로
상상해 볼 수도 없는 그 아랫부분은 움직이기에 너무나 무
거웠다. 움직인다고 해도 너무나 천천히 움직였다. 결국 화가
날 대로 난 그레고르가 온 힘을 끌어모아 이런저런 생각 없
이 앞으로 확 밀어붙였다. 그런데 그가 선택한 방향은 잘못
이었다. 아래쪽 침대 기둥에 세게 부딪히면서 격렬한 고통이
느껴졌다. 그렇게 그는 현재의 아랫부분이 아주 예민한 부분
이라는 점을 배웠다.

그래서 그레고르는 몸뚱이 윗부분을 먼저 침대 밖으로 내
보려고 했고, 조심스럽게 머리를 침대 가장자리로 돌렸다.
이 동작은 쉽게 성공했고, 머리의 움직임을 따라 넓고 무거
운 몸뚱이도 천천히 움직여 갔다. 그러나 마침내 머리를 침
대 바깥으로 내밀게 되었을 때, 불현듯 이런 식으로 계속 밀

고 나가기가 무서워지기 시작했다. 결국에는 바닥으로 떨어질 텐데 그렇게 되면 기적이 일어나지 않는 한 틀림없이 머리를 다치고 말 것이기 때문이었다. 지금 실신을 할 수는 없는 노릇이었다. 그러느니 차라리 그냥 침대에 머물러 있는 편이 나을 것이다.

계속 힘을 쓰고 나서는 이제 한숨을 내쉬면서 이전과 마찬가지 자세로 누워 있다. 그의 조그만 다리들이 또다시 마구 움직여 댔다. 아까보다 더 광분을 해서 이제는 서로 싸우는 듯이 보였다. 이런 다리들의 혼란을 도저히 조용하고 차분하게 만들 수 없을 것처럼 보였다. 그러자 그레고르는 도저히 침대에 더 누워 있을 수는 없다고 생각하고, 모든 것을 잃게 된다 해도 털끝만큼의 희망이라도 있다면 침대에서 벗어나는 것이 가장 좋은 선택이라고 중얼거렸다. 그러나 그렇게 말하는 동안에도 한 가지 꼭 기억해야 할 것을 잊어버리지는 않았다. 절망에 빠진 채로 결정을 내리기보다는 마음을 차분하게 가라앉히고 깊이 생각해 보는 편이 더 낫다는 사실이었다. 그 순간 그레고르는 최대한 날카롭게 가다듬은 시선으로 창밖을 내다보았다. 그렇지만 보이는 것은 아침 안개뿐이었다. 심지어 좁다란 길의 건너편조차 보이지 않았다. 얻고 싶었던 믿음과 용기는 거의 얻지 못했다.

"벌써 일곱 시야."

알람 시계가 새로 울리자 그레고르가 말했다.

"벌써 일곱 시가 됐는데 아직도 안개가 자욱하다니."

그는 숨을 고르면서 한참을 가만히 쉬고 있었다. 그렇게 완전히 고요한 가운데 상상이 아닌 자연스러운 자기 모습으로 되돌아오기를 기대하고 있는 것 같았다.

그렇지만 곧 다시 이렇게 말했다.

"일곱 시 십오 분이 되기 전에 무조건 침대에서 완전히 일어나야 해. 그렇지 않으면 나에 대해 알아보려고 회사에서 누군가가 올 거야. 회사가 일곱 시에 문을 여니까."

그러고서 그는 이제 몸뚱이 전체를 흔들어서 한꺼번에 침대 밖으로 나가려고 시도하기 시작했다. 이런 방식으로 침대에서 떨어지면서 재빨리 머리를 치켜들면, 적어도 머리는 다치지 않을 것이라 예상했다. 등짝은 단단한 것 같았다. 등을 아래로 하고 양탄자 위에 떨어지면 아무 일도 생기지 않을 것이라 믿었다. 그는 오히려 큰 소리가 날 것을 걱정했다. 혹시 그렇게 되면 문밖의 가족들이 놀라는 정도는 아니더라도, 걱정을 하게 될 거라는 생각이었다. 그렇지만 어떻게든 해야만 하는 일이었다.

새로운 방법은 힘이 드는 일이라기보다는 놀이에 가까웠

다. 그저 계속해서 그네를 타듯이 일정한 간격으로 힘을 주어 몸을 흔들기만 하면 되었다. 이미 반쯤 몸이 침대 밖으로 나왔을 때, 누군가 그를 도와주러 온다면 모든 일이 얼마나 쉬울까 하는 생각이 들었다. 힘이 센 두 사람이면 충분했다. 그레고르는 아버지와 가정부를 생각했다. 그의 둥근 등 아래로 팔을 밀어 넣어서 벌레를 허물에서 빼내듯이 침대에서 그를 빼내 바닥에 내려놓으면 되는 것이다. 그러고선 그가 바닥에서 뒤집기에 성공하는 것을 그저 조심스럽게 지켜보아야 할 것이다. 뒤집어지고 나면 그 작은 다리들이 제정신을 차릴 수도 있을 테니까. 지금 문이 잠겨 있지 않다면 정말로 도움을 청할 수 있을까? 너무나 힘든 처지에 빠져 있음에도 이런 생각을 하면서 그는 터져 나오는 웃음을 참을 수 없었다.

몸뚱이가 심하게 흔들리는 가운데 이미 더 이상 균형을 잡을 수 없는 상태까지 다다랐다. 이제 그는 최종적으로 결정을 내려야 했다. 그것도 아주 빨리. 오 분 후면 일곱 시 십오 분이 되기 때문이었다. 그때 현관문에서 초인종 소리가 들려왔다.

"회사에서 누가 왔군."

혼잣말을 하면서 몸이 딱딱하게 굳어졌다. 그의 작은 다리들만 더더욱 빠르게 춤을 춰 댔다. 잠깐 동안 정적이 흘렀다.

"문을 열지 않고 있어."

말도 되지 않는 희망에 사로잡혀서 그레고르가 말했다. 그러나 잠시 후 가정부가 언제나 그렇듯 당당한 발걸음으로 걸어가서는 문을 열었다. 그레고르는 방문객의 첫인사 한마디만 듣고도 벌써 그것이 누구인지를 알았다. 지배인이 직접 온 것이다. 어째서 그레고르는 조금 늦었다고 곧바로 크게 의심을 받아야 하는 그런 회사에서 일하게 되었을까? 도대체 무슨 운명이 이따위일까? 그 회사의 직원들은 전부 건달들밖에 없는 걸까? 그들 중에 충직하고 헌신적인 사람은 하나도 없단 말인가? 긴 시간도 아니고 고작 아침 몇 시간을 회사를 위해 쓰지 않았다고 해서, 양심의 가책 때문에 바보처럼 멍청해지고, 지금 그처럼 침대를 벗어날 수도 없게 되는 충성스러운 사람 말이다. 급사에게 물어보고 오라고 시키는 것으론 도저히 만족할 수 없는 것일까? 꼭 물어볼 필요가 있다면 말이다. 이런 일에 꼭 지배인 자신이 직접 나타나야 하는 걸까? 그래서 이런 의혹을 조사하고 안 하고 하는 것이 오로지 자기 마음먹기에 달려 있음을 죄 없는 가족들에게 과시해야만 하는 걸까? 그레고르는 온 힘을 다해 침대 밖으로 떨어졌다. 제대로 결심을 굳혀서라기보다는 지배인에 대해 생각하며 일으킨 흥분 때문이었다. 큰 소리가 났다. 그러나 정말로 커다란 쾅당 소리가 난 것은 아니었다. 양탄자가 부딪히는 힘을 조금 약하게 줄여 준 데다, 그의 등은 생각했던 것만큼 단단하지도 않았다. 그래서 그렇게 크게 울리지 않는 둔중한 소리가 났던 것이다. 그런데 떨어지면서 머리를 잘 보호하지 못하는 바람에 그만 부딪히고 말았다. 그레고르는 짜증이 나고 아프기도 해서 머리를 돌리고는 양탄자에 머리를 문질렀다.

"안에서 뭔가 떨어졌는데요."

왼쪽 옆방에서 지배인이 말했다. 그레고르는 언젠가 지배인도 오늘 자기가 겪고 있는 이런 일을 당하게 될까 상상해 보았다. 누가 보아도 그럴 가능성은 충분했다. 그때 지배인은 옆방에서 뚜벅뚜벅 몇 걸음을 옮겼다. 그레고르의 상상에 대한 야비한 대답인 듯했다. 에나멜가죽 장화가 삐걱거리는 소리를 냈다. 오른쪽 옆방에서 누이동생이 목소리를 낮춰 소곤소곤 말했다.

"오빠, 지배인이 와 있어."

"알고 있어."

그레고르가 혼잣말하듯 말했다. 그렇지만 누이동생이 들을 수 있을 정도로 목소리를 높일 수는 없었다.

"그레고르."

아버지가 왼쪽 옆방에서 말했다.

"지배인 선생이 오셨단다. 네가 새벽 기차를 왜 타지 않았는지 알고 싶어 하시는구나. 그리고 너와 따로 말씀을 나누고 싶어 하신다. 제발 문을 좀 열거라. 워낙 어진 분이시니 방 안이 어질러져 있는 것 정도는 괘념치 않으실 게다."

"안녕하세요, 잠자 씨."

아버지가 말하는 사이에 지배인이 친절한 어투로 말했다.

"몸이 좋지 않은가 봐요."

아버지가 계속 문 앞에서 그레고르에게 말을 하는 사이, 어머니가 지배인에게 말했다.

"몸이 좋지 않은 거예요. 제 말을 믿으세요, 지배인님. 그렇지 않고서야 그레고르가 기차를 놓칠 리가 없지요! 저 애 머릿속에는 오로지 일뿐이에요. 저녁에 한 번도 나가는 일이 없어서 제가 화가 날 지경이랍니다. 오늘로 시내에 있는 것이 팔 일째예요. 그런데 매일 저녁 집에만 있답니다. 식탁에 앉아서 조용히 신문을 읽거나 기차 시간표를 연구하지요. 저 애한테는 나무 깎는 일조차 대단한 취미 생활이에요. 그렇게 해서 이삼 주 동안 작은 액자를 하나 만들었어요. 얼마나 예쁜지 깜짝 놀라실 거예요. 이 방 안에 걸려 있어요. 그레고르가 문을 열기만 하면 곧 보시게 될 겁니다. 그리고 지배인님께서 여기 오셔서 정말 너무 다행이에요. 우리만으로는 그레고르가 문을 열도록 하지 못했을 거예요. 정말 고집이 센 아이거든요. 아침에 그렇지 않다고 말하기는 했지만, 틀림없이 몸이 좋지 않을 거예요.”

“금방 나가요.”

그레고르가 천천히, 신중하게 말했다. 그러고는 대화를 한마디도 놓치지 않고 듣기 위해 몸을 조금도 움직이지 않고 있었다.

“부인, 저도 다르게 생각할 수는 없습니다.”

지배인이 말했다.

“심각한 병이 아니어야 할 텐데요. 그러나 다른 쪽으로도 말씀드리지 않을 수 없군요. 장사를 하는 사람들은 일 때문에 가벼운 병쯤은 그냥 무시하고 이겨 내야 하는 경우가 많습니다. 보기에 따라서는 슬프기도 하지만, 또 다행스러운 일이기도 하지요.”

“이제 지배인님께서 네 방으로 들어가셔도 되겠니?”

초조한 아버지가 이렇게 물으며 다시금 방문을 두드렸다.

“아니요.”

그레고르가 말했다. 왼쪽 옆방에 거북한 정적이 시작되었을 때, 오른쪽 옆방에서는 누이동생이 훌쩍이기 시작했다.

왜 누이동생은 다른 사람들에게 가지 않는 것일까? 이제야 침대에서 일어나 아직 옷도 입지 않은 것 같았다. 그렇다면 왜 울고 있는 것일까? 그가 일어나지도 않고, 지배인을 들여보내지도 않기 때문일까? 그가 일자리를 잃을 위험에 빠졌기 때문일까? 그렇게 되어 사장이 빚을 갚으라고 재촉하며 부모님을 다시 괴롭히게 될까 봐서? 그렇지만 지금 당장 그런 생각은 쓸데없는 걱정일 것이다. 그레고르는 여전히 여기에 있고, 가족들을 버릴 생각은 추호도 없다. 이 순간에도 그는 양탄자 위에 누워 있다. 그리고 지금 그의 상태를 알고 있는 사람이라면 그 누구도 지배인을 들여보내라고 진심으로 요구하지는 않을 것이다. 또한 나중에 쉽게 적당한 변명을 둘러댈 수 있는 이런 작은 결례 때문에 그레고르를 곧바로 해고시키는 일은 없을 것이다. 따라서 그레고르 생각에는 눈물을 짜고 설득을 해 가면서 자기를 방해하기보다는, 지금 당장은 쉬도록 내버려두는 것이 훨씬 이성적인 일이었다. 그렇지만 가족들은 불확실한 상황이 두려웠다. 가족들로 하여금 그렇게 재촉하게 하고, 가족들 스스로 자기들의 행동을 어쩔 수 없는 일이라고 생각하게 하는 것은 바로 그 불확실함이었다.

"잠자 씨."

이제 지배인은 약간 언성을 높여서 그를 불렀다.

"어떻게 된 일이오? 방문을 걸어 잠그고 안에 틀어박혀서 그저 네, 아니요로만 대답하고 있으니. 부모님께서 쓸데없이 큰 걱정을 하고 계시지 않소. 또 그냥 참고로 덧붙이는 말이지만, 선생은 직업상 해야 할 일을 말도 안 되는 이유로 내버려두고 있소. 나는 지금 선생의 부모님과 사장님을 대신해서 말하고 있는 거요. 지금 당장 명확한 해명을 해 주시기 바라오. 놀라운 일이오. 정말 놀라운 일이 아닐 수 없소. 나는 선생을 차분하고, 이성적인 사람이라고 알고 있었소. 그런데 이제 갑자기 이상한 성질을 자랑삼아 과시하고 싶어 하는 것처럼 보이는군요. 사장님은 오늘 아침 일찍 선생이 직무를 소홀히 하는 이유를 은근히 내게 말씀하셨소. 최근에 잠자 씨에게 맡긴 수금일과 관련이 있을 거라고요. 그렇지만 나는 절대로 그런 이유가 아닐 거라고 거의 맹세를 하다시피 선생을 변호했소. 그런데 이제 여기 와서 도저히 이해할 수 없는 선생의 고집을 보고 나니, 작은 일 하나라도 선생을 위해 애쓰고 싶은 마음이 완전히 사라져 버렸소. 그리고 선생의 자리는 절대 확실한 자리가 아니라는 것을 알아 두시오. 본래는 선생과 직접 만나 우리만 있는 자리에서 말하려고 했는데, 선생이 여기서 내 시간을 쓸데없이 허비하게 하고 있으니, 왜 이런 사실을 선생의 부모님께 비밀로 해야 하는지 그 이유를 모르겠군요. 최근 선생의 실적은 그리 만족스러운 편이 아니었소. 물론 일을 하기에 딱 좋은 계절은 아니지요. 그야 우리도 인정합니다. 그렇지만 장사를 할 수 없는 계절은 절대 없어요. 잠자 씨, 절대 있어서는 안 되는 겁니다."

"그렇지만 지배인님."

그레고르가 정신없이 소리쳤다. 너무 흥분해서 다른 일은 모두 잊고 있었다.

"즉시, 당장 문을 열겠습니다. 조금 몸이 좋지 않아서, 어지럼증이에요. 그래서 일어서기가 힘들었어요. 아직도 침대에 누워 있습니다. 하지만 벌써 거의 개운하게 시원해진 기분입니다. 막 침대에서 나오고 있어요. 조금만 더 참아 주세요, 제발! 아직 제가 생각했던 것만큼 그렇게 좋지는 않습니다. 하지만 벌써 어느 정도는 괜찮아졌어요. 어떻게 사람이 이런 일을 다 당할 수 있는지! 어제저녁까지도 몸이 아주 좋았어요, 부모님께서도 알고 계실 거예요. 아니 어쩌면 어제저녁부터 조금 징후가 있었다는 편이 옳겠군요. 누가 저를 자세히 보았다면 알았을 거예요. 왜 회사에 미리 연락하지 않았는지! 그렇지만 누구나 웬만한 병은 집에 처박혀 있지 않아도 이겨 낼 수 있다고 생각하잖아요, 지배인님. 제 부모님을 탓하지는 마세요. 지금 제게 하고 있는 비난들은 모두 다 정말 터무니없는 이야기예요. 누구한테서도 그런 말은 단 한 마디도 들어 본 적이 없습니다. 제가 보낸 마지막 주문서들을 읽어 보지 않으셨나 보군요. 그리고 또, 아직 여덟 시 기차로 일하러 갈 수 있습니다. 몇 시간 푹 쉬었더니 힘이 생겼습니다. 여기서 그러고 계실 필요 없습니다, 지배인님. 금방 회사로 가겠습니다. 그리고 제발 사장님께 말씀 좀 잘 전해 주세요!"

그레고르는 무슨 말을 하고 있는지도 모를 정도로 다급하게 뱉어 냈다. 그러는 가운데 그는 침대에서 이미 연습을 한 덕분에 쉽게 옷장으로 다가갔고, 옷장에 몸을 기대고 똑바로 일어서 보려고 시도했다. 그는 진짜로 문을 열려고 했다. 진짜로 자기 모습을 보여 주고 지배인에게 말하려고 했다. 지금 이렇게 열심히 그를 찾는 사람들이 그의 모습을 보고 무슨 말을 하게 될지 정말로 꼭 알고 싶었다. 그들이 놀란다면 그레고르는 더 이상 할 일도 없을 것이고, 그러면 편하게 쉴 수 있었다. 그러나 그의 변신을 모두가 편안하게 받아들인다면, 그는 흥분할 이유가 전혀 없었다. 그리고 서둘러 움직이면 진짜로 여덟 시 기차를 탈 수 있을 것이다. 처음에는 매끄러운 옷장에 기대려다가 몇 차례 미끄러져 내렸다. 그러다가 결국 남은 힘을 한 번에 쏟아부어 몸을 일으켜 세울 수 있었다. 몸뚱이 아랫부분에서 타는 듯 심한 고통이 느껴졌지만 아랑곳하지 않았다. 이제 그는 가까이 놓인 의자의 등받이로 몸을 넘어뜨리면서 등받이 모서리를 그의 작은 다리들로 잡았다. 그럼으로써 그레고르는 자기 몸을 마음대로 가눌 수 있는 자세를 잡았다. 그리고 이제 지배인의 말을 듣기 위해서 숨소리를 죽였다.

"한 마디라도 알아들었어요?"

지배인이 부모에게 물었다.

"우리를 바보로 만들겠다는 것 아니에요?"

"오 세상에나."

이미 울음을 터뜨리고 있는 어머니의 목소리였다.

"저 애가 많이 아픈데 우리가 저 애를 괴롭히고 있는가 봐요. 그레테! 그레테!"

어머니가 소리쳤다.

"왜요, 엄마?"

반대편에서 누이동생이 말했다. 그들 모녀는 그레고르의 방을 사이에 두고 대화했다.

"지금 당장 의사에게 다녀와야겠다. 그레고르가 많이 아픈가 보다. 빨리 의사를 모셔 와. 너 방금 그레고르가 말하는 것 들었니?"

"그것은 동물이 내는 소리였어요."

지배인이 말했다. 엄마의 찢어지는 비명 소리와 비교되어 지배인의 목소리는 더욱 나직하게 들렸다.

"안나! 안나!"

아버지가 손바닥을 치면서 현관을 통해 부엌에다 대고 소리쳤다.

"빨리 열쇠 수리공을 불러와!"

말이 떨어지기가 무섭게 두 처녀가 치맛자락을 휘날리며 현관으로 달려 나갔다. 누이동생은 어떻게 그렇게 순식간에 옷을 입었을까? 그리고 현관문이 열렸다. 그런데 문이 닫히는 소리가 들리지 않았다. 열린 채로 놓아두었나 보다. 보통 큰 불행이 생긴 집들의 현관문이 열린 채로 있는 것처럼.

그러나 그레고르는 훨씬 편안한 기분이었다. 전보다 또렷하게, 아주 또렷하게 말했다고 생각했음에도 사람들은 자기 말을 전혀 알아듣지 못했다. 귀에 익숙하지 않기 때문일 수도 있다. 그렇지만 이제 사람들은 그가 완전히 정상이 아니라고 생각하고 그를 도와주려고 하고 있다. 믿음과 확신을 가지고 필요한 조치들을 취하고 있다는 사실이 그를 기분 좋게 했다. 다시 사람들의 테두리 안으로 받아들여졌다는 느낌이 들었고, 의사와 열쇠 수리공, 사실상 정확하게 구분될 필요가 없는 그들 두 사람이 놀랍고 대단한 일을 이루어 내기를 바랐다. 점점 가까워지고 있는 지배인과의 중요한 대화에서 가능한 한 또렷한 목소리를 내기 위해 그레고르는 몇 번 헛기침을 했다. 물론 완전히 소리를 죽여서 하려고 애썼다. 이 소리부터가 사람의 헛기침 소리와는 다르게 들릴 수도 있기 때문이었다. 자기 스스로도 사람 소리인지 아닌지 확신할 수 없었던 것이다. 그사이에 옆방은 다시 고요해졌다. 부모와 지배인은 탁자 곁에 앉아 소곤거리고 있거나, 어쩌면 문에 기대어 이 방에서 나는 소리에 귀를 기울이고 있을 것이다.

그레고르는 천천히 의자를 밀면서 문 쪽으로 움직여 갔다. 문까지 가서는 의자를 놓고 문을 향해 몸을 던졌다. 문에 기대어 똑바로 설 수 있었다. 그의 작은 발들 뒤꿈치에는 조금씩 끈적끈적한 점액이 묻어나 있었던 것이다. 그렇게 문에 기대선 채로 잠깐 동안 가쁜 숨을 골랐다. 그런 후에 그레고르는 자물쇠에 꽂혀 있는 열쇠를 입으로 물고 돌리기 시작했다. 그렇지만 유감스럽게도 그에게는 제대로 된 이빨이 없는 것처럼 보였다. 그렇다면 무엇으로 열쇠를 잡고 돌릴 수 있을까? 그러나 이빨이 없는 대신 그의 턱은 아주 강했다. 그는 턱을 이용해서 진짜로 열쇠를 움직이기 시작했다. 물론 얼마만큼 상처를 입었지만 전혀 개의치 않았다. 입에서 갈색의 액체가 나와 열쇠를 타고 흘러 바닥으로 방울저 떨어졌다.

"들어 보세요."

옆방에서 지배인이 말했다.

"열쇠를 돌리고 있어요."

그 말은 그레고르의 힘을 더욱 북돋워 주었다. 그렇지만 모두가 함께, 아버지와 어머니까지 그에게 이렇게 소리쳐 주었더라면 더욱 좋았을 것이다.

"힘내라, 그레고르." 이렇게 응원해 주었더라면, "힘내라. 조금만 더. 힘내서 열쇠를 돌려!" 이렇게 모두가 긴장해서 그를 응원해 주고 있다고 상상하면서 그레고르는 젖 먹던 힘까지 모두 끌어올려 정신없이 열쇠를 꼭 물었다. 열쇠가 조금씩 돌아가면서 그 열쇠를 따라 그레고르의 몸도 돌았다. 이제는 입으로만 몸을 지탱하기도 했다. 그리고 필요할 때마다 열쇠에 매달리거나 몸 전체의 무게로 열쇠를 다시 아래로 눌렀다. 마침내 자물쇠가 열리면서 딸깍 맑은 소리가 나자 그레고르는 바싹 정신이 들었다. 숨을 고르면서 그가 말했다.

"열쇠 수리공은 필요가 없어졌군."

그리고 문을 완전히 열기 위하여 머리를 문고리에 올려놓았다.

이렇게 머리로 손잡이를 눌러 문을 열어야 했기 때문에 실제로 문이 이미 꽤 많이 열려 있음에도 그 스스로는 아직도 바깥을 볼 수 없었다. 그는 아주 서서히 문짝을 따라 몸을 돌려야 했다. 거실로 들어서기도 전에 등짝으로 털썩 떨어지고 싶지 않았기에 더더욱 조심스러웠다. 그렇게 어려운 동작에 열중하느라 그레고르는 다른 것에는 신경을 쓸 겨를이 없었다. 그때 이미 지배인은 "아!" 하는 커다란 소리를 토해 냈다. 바람이 세차게 몰아치며 내는 소리처럼 들렸다. 그 소리를 듣고서 이제 그레고르도 지배인을 보았다. 문에서 가장 가깝게 서 있던 그는 벌어진 입을 손으로 누르고, 보이지 않는 힘이 계속해서 그를 밀치고 있기라도 한 것처럼 천천히 뒷걸음질 치고 있었다. 어머니도 보였다. 지배인이 와 있는데도 어젯밤부터 헝클어져 삐쭉삐쭉 높이 곤두선 머리를 하고 서 있었다. 처음에 어머니는 두 손을 모으고 아버지를 쳐다보다가 그레고르 쪽으로 두 걸음 다가왔다. 그러고는 활짝 펼쳐진 치마 한가운데로 풀썩 주저앉아 보이지 않을 정도로 가슴 깊이 얼굴을 파묻었다. 아버지는 주먹을 쥐어서 그레고르에 대한 적대감을 표시했다. 그레고르를 다시 그의 방으로 밀어 넣으려 하는 듯 보였다. 그러고는 어쩔 줄 모르고 거실을 둘러보다가 손으로 눈을 가리고 튼튼한 가슴을 들먹거리면서 울기 시작했다.

그레고르는 아직 거실로 들어서지 못하고 단단하게 잠겨 있는 다른 쪽 문짝에 기대어 방 안에 있었다. 그래서 밖에서

볼 수 있는 것은 그의 몸뚱이 반과 그 위에 옆으로 기울어져 다른 사람들을 바라보고 있는 머리뿐이었다. 그사이에 날씨는 훨씬 밝아져 있었다. 길 건너편에는 이 집과 마주 보고 있는 기다란 짙은 회색 건물의 일부가 또렷하게 보였다. 그 건물은 병원이었다. 창문들이 병원 앞면에 규칙적인 간격을 두고 뚫려 있었다. 아직도 비가 내리고 있었다. 그렇지만 하나하나 볼 수 있을 만큼 커다랗게 한 방울씩, 말 그대로 정말 한 방울씩 땅 위로 떨어져 내렸다. 아침 식사라기에는 너무 많은 수의 그릇들이 식탁 위에 놓여 있었다. 아버지가 아침을 하루 중에 가장 중요한 식사 시간으로 여겼기 때문이다. 아침 식사 시간에 여러 가지 신문을 읽다 보면 몇 시간으로 길어지기도 했다. 바로 마주 보이는 벽에는 그레고르가 군 시절에 찍은 사진이 걸려 있었다. 사진 속에서 그는 중위로서 손에는 칼을 들고, 근심 걱정 없이 활짝 웃으면서 자기의 자세와 제복에 대한 존경심을 요구하는 듯한 모습이었다. 현관으로 가는 문이 열려 있고 현관문도 열려 있었기 때문에 문 앞과 아래층으로 내려가는 첫 계단이 보였다.

"이제."

그레고르가 말했다. 그 자리에서 자기만이 유일하게 차분함을 유지하고 있다는 것을 알고 있는 듯했다.

"금방 옷을 입고, 견본을 챙겨서 떠나겠습니다. 저를 보내고 싶어 하시죠, 그렇죠? 지배인님, 이제 제가 고집불통이 아니고, 일하기를 좋아한다는 것을 보셨지요. 출장 여행은 힘든 일입니다. 그렇지만 저는 여행을 하지 않고는 먹고살 수가 없어요. 어디 가세요, 지배인님? 회사로요? 그래요? 모든 것을 있는 그대로 보고하실 겁니까? 누구나 어느 순간 일을 할 수 없을 때가 있어요. 그러나 바로 그때가 예전의 성과들을 기억해 내고, 후일 그런 장애를 이겨 내고 나면 더더욱 부지런하고 활기차게 일하겠다는 마음을 다지는 좋은 시간이 되는 겁니다. 저는 사장님에게 아주 큰 빚을 지고 있습니다. 지배인님도 잘 알고 계시지요. 다른 한편으로 저는 부모님과 누이동생을 걱정해야 합니다. 저는 지금 옴짝달싹할 수 없는 어려운 상태에 있습니다. 그러나 어떻게든 다시 벗어나고 말 겁니다. 제발 지금보다 더 힘들게 만들지는 말아 주세요. 회사에서 제 편이 되어 주세요! 사람들은 출장 사원을 좋아하지 않습니다. 저도 알지요. 큰돈을 벌어 멋진 삶을 누리고 있다고 생각하지요. 그런 사람들은 이런 선입견을 고쳐 생각할 특별한 이유도 없습니다. 그렇지만 지배인님, 지배인님은 다른 직원들보다 이런 상황을 더욱 잘 알고 계시지 않습니까. 심지어 사장님보다도 더 넓게 보실 수 있으시잖아요. 사장님이야 사업가의 입장에서 판단하니까 쉽게 직원들에게 불리한 쪽으로 잘못 생각하실 수 있으니까요. 지배인님은 거의 일 년 내내 회사 밖에서 일해야 하는 출장 사원이 얼마나 쉽게 공연한 헛소문이나 모함, 근거 없는 불평의 희생자가 될 수 있는지 잘 알고 계실 겁니다. 출장 사원들은 그런 헛소문과 모함에 대항해서 자기를 방어할 수가 없습니다. 대개는 그런 헛소문들이 있다는 것조차 알 수가 없으니까요. 여행을 마치고 너무나 지쳐 집에 있다가 자기 몸뚱이에 도저히 원인을 짐작할 수 없는 끔찍한 결과가 발생했음을 알게 될 때나 그런 것을 알게 되지요. 지배인님, 제발 아무 말씀도 없이 그냥 가지는 마세요. 최소한 일부분이라도 제가 옳다는 것을 보여 주는 그런 말씀을 꼭 해 주세요."

그러나 지배인은 그레고르가 말을 시작할 때 이미 등을 돌렸고, 입에 거품을 물고 움츠린 어깨너머로 그레고르를 돌아볼 뿐이었다. 그레고르가 말을 이어 가는 동안에도 지배인은 잠시도 가만히 서 있지 않았다. 그레고르에게서 눈을 떼지 않고 그레고르가 기대고 있는 문에서 조금씩 멀어져 갔다. 거실을 떠나라는 비밀 명령을 받기라도 한 것처럼 조금씩 점점 멀리 움직여 갔다. 거의 현관에 다다르자 갑자기 잽싸게 움직이면서 마침내 거실에서 발을 빼냈다. 마치 방금 발꿈치를 불에 데기라도 한 것 같았다. 현관에 이르러서는 계단을 향해 오른손을 앞으로 길게 뻗었다. 그곳에 초자연적인 구원이 그를 기다리고 있다는 듯이.

지배인을 이런 상태로 그냥 가게 내버려둘 수는 없었다. 그렇다고 회사에서 그의 자리가 극도의 위기에 처하게 되지는 않겠지만, 그래도 지배인을 그냥 가게 해서는 안 된다고 그레고르는 생각했다. 부모는 이 모든 상황을 제대로 이해하지 못하고 있었다. 그들은 오랜 세월 그레고르가 이 회사에서 평생 잘 지내게 될 거라는 확신을 키워 왔다. 또한 앞으로의 전망을 따져 보기에는 지금 이 순간의 걱정들을 해결하기 위해 할 일이 너무 많았다. 그렇지만 그레고르는 이런 미래를 보는 눈을 가지고 있었다. 지배인을 붙들고, 진정시키고, 확신을 주어 결국 환심을 얻어 내야 했다. 그레고르와 가족의 미래가 달린 일이 아닌가! 누이동생이 여기 있었더라면! 누이동생은 총명하다. 그레고르가 등을 대고 편안하게 누워 있을 때도 벌써 눈물을 흘리지 않았던가. 여자를 밝히는 이 지배인은 틀림없이 누이동생에게 혹하여 마음이 흔들리게 될 것이다. 누이동생은 현관문을 닫고 현관 안에서 그가 충격에서 벗어나도록 설득할 수 있을 것이다. 그러나 누이동생은 지금 여기 없다. 그러므로 그레고르가 직접 움직여야 했다. 현재 자신의 활동 능력에 대해 전혀 모르고 있다는 사실은 완전히 무시하고, 또한 자기 말을 알아들을 수 없을지도 모른다는, 아니 거의 분명히 알아들을 수 없을 거라는 사실은 생각지도 않고, 그레고르는 기대고 있던 방문을 떠났다. 방문이 열려 있는 틈으로 몸을 밀었다. 지배인을 향해 다가가려는 동작이었다. 그사이에 지배인은 우스꽝스럽게 두 손으로 현관 난간을 움켜잡고 있었다. 그레고르가 방문을 나서며 잡을 곳을 찾으려는 순간 그는 곧바로 짧은 비명 소리와 함께 바닥으로 엎어졌다. 그런데 막상 그렇게 엎어지고 나자 곧바로 그는 이날 아침 처음으로 육체적인 안락함을 느꼈다. 작은 다리들은 단단한 바닥을 딛고 섰다. 다리들은 기쁨을 느끼기에 충분할 만큼 완전히 복종하고 있었다. 심지어 그가 원하는 곳으로 움직일 수 있게 해 주려고 애를 쓰기도 했다. 벌써 그레고르는 모든 고통이 완전히 치유되기 직전까지 왔다고 믿었다. 그러나 어머니로부터 멀지 않은 곳에서 좀 더 편안한 자세를 갖추느라 몸을 흔들고 있을 때, 바닥에 주저앉아 있던 어머니가 소스라쳐 벌떡 뛰어오르더니 팔을 길게 뻗고 손가락을 넓게 벌리고는 소리쳤다.

"사람 살려. 아이고머니나, 사람 살려!"

그레고르를 더 자세히 보려는 듯이 머리를 갸우뚱하고 있었지만, 몸은 정반대로 뒤를 향해 정신없이 달려갔다. 음식이 차려진 식탁이 뒤에 있다는 것도 잊어버렸다. 몸이 식탁에 닿자 얼빠진 모습으로 황급히 식탁 위로 올라가 앉았다. 커피 주전자가 엎어져 커피가 양탄자 위로 줄줄 쏟아지고 있는 것도 전혀 모르는 듯 보였다.

"어머니, 어머니."

그레고르가 나직하게 말하면서 어머니를 바라보았다. 잠시 동안 지배인은 그의 생각에서 완전히 지워졌다. 흐르는 커피를 바라보면서 치미는 욕구를 참을 수 없어 여러 차례 턱을 들어 떨어지는 커피를 받아 마셨다. 그러자 어머니는 다시 소리를 지르기 시작했다. 탁자에서 도망을 쳐서 건너편의 아버지 품으로 뛰어들었다. 그러나 그레고르는 이제 부모를 살펴볼 시간이 없었다. 지배인이 벌써 계단을 내려가고 있기 때문이었다. 그는 난간에 턱을 대고 마지막으로 한 번 뒤를 돌아보았다. 그레고르는 그를 따라잡기 위해 서둘러 달리기 시작했다. 지배인은 무언가를 예감한 듯 몇 계단을 한달음에 뛰어내려 사라져 버렸다. 그러나 그는 아직도 "어휴!" 하고 소리를 질러 댔고, 그 소리는 온 계단을 울리고 있었다. 지배인이 이렇게 도망치고 나자, 이제까지 그나마 정신을 차리고 있던 아버지가 완전히 당황하여 제정신을 차리지 못했다. 아버지는 직접 지배인을 뒤쫓아 달려가거나, 최소한 지배인을 잡으려고 하는 그레고르를 막아서지는 말아야 했다. 그러나 아버지는 오히려 도망친 지배인의 모자, 외투와 함께 의자 위에 팽개쳐 놓은 지팡이를 오른손으로 움켜쥐었다. 왼손으로는 탁자 위에 있던 커다란 신문을 집어 들었다. 그러곤 발을 구르고 지팡이와 신문을 흔들어 대면서 그레고르를 그의 방 안으로 몰아넣기 시작했다. 그레고르가 아무리 애원을 해도 소용이 없었다. 아예 알아듣지도 못했다. 그는 너무나 실망해서 머리를 돌리고 싶었다. 그러면 아버지는 더욱 세게 발을 굴러 위협했다. 저 위에서 어머니는 싸늘한 날씨에도 창문을 열었다. 그리고서 바깥쪽으로 몸을 기대어 창밖으로 쑥 내밀어진 얼굴을 손으로 감싸 쥐었다. 골목과 현관 앞의 계단 사이로 공기가 통하면서 강한 바람이 일었고, 창문 앞의 커튼이 휘날리고, 식탁 위의 신문들이 펄럭거리면서 한 장씩 바닥으로 날아 떨어졌다. 아버지는 무자비하게 몰아붙이면서 야수처럼 쉿 쉿 소리를 냈다. 그러나 그레고르는 아직 뒤로 걷는 연습을 해 본 적이 없었다. 아주 천천히 움직일 수밖에 없었다. 돌아설 수만 있다면 그레고르는 곧바로 방 안으로 들어갔을 것이다. 그러나 그렇게 돌아서면서 시간을 끄는 것이 아버지를 더욱 화나게 할까 봐 두려웠다. 더구나 매

순간 아버지의 손에 들린 지팡이는 그의 등이나 머리에 치
명적인 타격을 가하려는 듯 위협하고 있었다. 그러나 결국에
는 다른 방법이 없었다. 뒤로 걸으면 방향조차 유지할 수 없
다는 것을 뼈저리게 느꼈기 때문이었다. 그래서 그는 두려움
이 가득한 곁눈질로 계속 아버지를 바라보면서 가능한 한 빨
리, 그러나 실제로는 아주 느리게 몸을 돌리기 시작했다. 아
버지는 그레고르의 선한 의도를 눈치채고 있는 듯했다. 몸을
돌리는 것을 방해하지 않았기 때문이다. 심지어 멀리서 지팡
이 끝으로 이리로 저리로 하면서 몸을 잘 돌릴 수 있게 지휘
하기까지 했다. 아버지가 그 끔찍한 쉿 쉿 하는 소리까지 내
지 않았으면 훨씬 좋았을 텐데! 그레고르는 그 소리에 정신
이 오락가락할 정도였다. 몸을 거의 다 돌렸을 즈음에는 아버
지의 쉿 쉿 소리에 맞춰 움직이다가 방향을 잃기도 해서 다
시 반대쪽으로 약간 몸을 돌리기도 했다. 드디어 머리를 열
린 문틈에 맞출 수 있게 되었지만, 열려 있는 틈으로 그냥 들
어가기에는 그의 몸뚱이가 너무나 넓었다. 아버지의 현재 정
신 상태로는 그레고르가 들어가기에 충분한 공간을 만들어
주기 위해 다른 쪽 문짝을 열어 줘야겠다는 생각을 할 리가
없었다. 아버지는 오로지 그레고르를 최대한 빨리 방 안으로
밀어 넣어야 한다는 생각뿐이었다. 나올 때처럼 몸을 세운다

든지 하는 방법으로 문을 통과하기 위해 그레고르가 필요로 하는 여러 가지 준비들을 절대 눈 뜨고 봐 주지 않을 태세였다. 오히려 아버지는 아무런 장애물도 없다는 듯이 이상한 소리를 시끄럽게 질러 대며 그레고르를 앞으로 몰아댔다. 뒤에서 울리는 그 소리는 더 이상 아버지 단 한 사람의 목소리처럼 들리지 않았다. 이젠 정말 더 이상 장난이 아니었다. 그레고르는 될 대로 되라는 식으로 문을 향해 몸을 들이밀었다. 그의 몸뚱이는 한쪽이 높이 들려 기운 채로 문틈에 끼어 있게 되었다. 한쪽 옆구리에 크게 긁힌 상처가 나면서 하얀 문에 보기 흉한 얼룩이 남았다. 잠시 후엔 완전히 꽉 끼어서 혼자서는 조금도 움직일 수 없게 되었고, 한쪽의 작은 다리들은 공중에서 달달 떨며 버둥거렸고, 반대쪽의 다리들은 바닥에 눌려서 고통스러웠다. 그때 아버지는 뒤에서 이제 진짜 끝장을 내겠다는 듯이 강력한 매질을 했고, 그레고르는 심하게 피를 흘리면서 방 안으로 한참 멀리까지 날아갔다. 아버지는 빗장까지 질러 문을 단단히 닫아걸었다. 그러고는 마침내 사방이 고요해졌다.

Ⅱ

저녁 땅거미가 잦아들 무렵에 그레고르는 거의 혼절에 가까운 깊은 잠에서 깨어났다. 잠을 방해하는 것들이 없었더라도 분명 얼마 지나지 않아 깨어났을 것이다. 바쁘게 옮기는 발걸음 소리와 현관으로 나가는 문을 조심스럽게 닫는 소리에 잠을 깼지만, 충분히 쉬고 잠잤다는 느낌이 들었기 때문이었다. 전기 가로등의 불빛이 방 천장과 가구들의 윗부분 여기저기에 창백하게 비치고 있었다. 그러나 그레고르가 누워 있는 아래쪽은 어둠침침한 상태였다. 그레고르는 이제야 비로소 그 용도를 배우게 된 더듬이로 미숙하게 더듬어 가면서 무슨 일이 벌어지고 있는지 알아보기 위해 문 쪽으로 움직여 갔다. 그의 왼쪽 옆구리는 불쾌하게 당기는 긴 흉터가 생겨 있었고, 두 번째 줄의 다리들은 절뚝거려야만 했다. 그밖에도 오전의 일을 치르는 동안 다리 하나를 심하게 다쳤다. 하나밖에 다치지 않은 것도 거의 기적에 가까운 일이었지만, 어떻든 그 다리 하나는 죽은 것마냥 질질 끌고 걸어야 했다.

문 앞에 이르렀을 때 그레고르는 거기에 그를 유혹하는 무엇이 있다는 것을 알았다. 무엇인지 음식 냄새가 났다. 거기에 있는 것은 달콤한 우유가 담긴 작은 대접이었다. 그리고 그 안에 흰 빵 몇 조각이 들어 있었다. 그는 너무나 기뻐서 소리를 지를 뻔했다. 아침보다 더 심하게 허기가 느껴졌기 때문이었다. 곧바로 머리를 거의 눈 위까지 우유에 담갔다. 그러나 곧 실망을 느끼고 머리를 다시 들어 올렸다. 왼쪽 옆구리가 편치 않아서 먹기가 어렵다는 것도 한 가지 이유였다. 그는 이제 숨을 헐떡이면서 온몸을 함께 움직여야 먹을 수 있었던 것이다. 그러나 더 큰 이유는 우유가 전혀 맛이 없었기 때문이었다. 우유는 그가 가장 즐겨 마셨던 음료였고, 그래서 누이동생이 가져다 놓았음이 틀림없었다. 그렇지만 그레고르는 거의 비위가 상할 정도가 되어 대접을 뒤로하고 방한가운데로 기어 돌아갔다.

그레고르는 거실에 가스등이 켜지는 것을 문틈으로 보았다. 이 시간쯤 되면 아버지가 석간신문을 어머니와 가끔은 누이동생에게도 목청을 돋우어 읽어 주곤 했다. 그렇게 아버지가 신문을 읽어 주는 일에 대해 누이동생은 항상 그레고르에게 말하고 편지도 썼다. 그런데 그런 일을 최근에 그만둔 것 같았다. 온 사방이 너무나 고요했다. 그렇지만 분명히 거실은 비어 있지 않았다.

"가족들이 정말 조용한 생활을 하고 있구나."

그레고르는 이렇게 말하고, 어둠 속을 가만히 응시하면서 커다란 자부심을 느꼈다. 부모와 누이동생이 이렇게 좋은 집에서, 이렇게 조용한 삶을 누릴 수 있게 배려해 주었던 자신이 자랑스러웠다. 그런데 이제 이런 모든 안정감과 안락함 그리고 만족스러움을 어떻게 경악으로 끝장나게 할 수 있단 말인가? 그런 생각에 잠겨 있지 않기 위해서 그레고르는 차라리 몸을 움직이면서 방 안을 이리저리 기어다녔다.

그 긴 저녁이 지나는 동안 한 번은 한쪽 옆문이, 다음번엔 다른 쪽 옆문이 조금 열렸다가 다시 급하게 닫혔다. 누군가 꼭 들어와 보고 싶은 마음이 있지만, 이번에도 또다시 너무 심하게 망설이고 있는 듯했다. 그레고르는 이제 거실 문 바로 앞에 자리를 잡았다. 망설이는 방문객을 어떻게든 안으로 들어오게 하거나 최소한 누구인지는 알아내겠다고 결심했던 것이다. 그러나 이제 문은 더 이상 열리지 않았다. 그레고르는 줄곧 기다렸지만 헛수고에 불과했다. 아침에 문이 잠겨 있을 때는 모두가 그에게 들어오려고 했었다. 그런데 그가 한쪽 문을 열었고, 낮 동안에 다른 쪽 문도 분명히 열렸지만, 아무도 들어오지 않았다. 그리고 열쇠는 이제 바깥쪽에 꽂혀 있었다.

밤이 늦어서야 거실의 불이 꺼졌다. 그리고 이제 부모와 누이동생이 여태 깨어 있었다는 것을 쉽게 알 수 있었다. 가만히 귀를 기울여 보면, 그들 세 사람이 모두 발끝으로 살금살금 멀어져 가고 있는 것을 들을 수 있었던 것이다. 이제 내일까지는 분명 아무도 그레고르에게 오지 않을 것이다. 따라서 앞으로 그의 삶을 어떻게 새롭게 이끌어 갈 것인지 아무런 방해도 받지 않고 곰곰이 생각해 볼 수 있는 긴 시간을 갖게 되었다. 그러나 천장이 높고 휑한 이 방은 강제로 갇혀서 바닥에 납작하게 엎드려 있는 그레고르에게 두려움을 느끼게 했다. 다섯 살 때부터 줄곧 그가 지내 오던 방이었지만 그 이유를 알 수가 없었다. 반쯤은 무의식적으로, 그리고 조금은 창피함을 느끼면서 서둘러 소파 밑으로 들어갔다. 등이 조금 눌리고 머리를 들 수 없었지만, 그럼에도 아주 편안하게 느껴지는 자리였다. 다만 아쉬운 점이 있다면 그의 몸뚱이가 너무 넓어서 소파 밑으로 완전히 다 들어갈 수 없다는 것이었다.

그레고르는 밤새 거기에 있었다. 가끔 선잠을 자기도 했다. 그러나 배가 고파서 계속 다시 깨어났다. 때로는 걱정으로, 때로는 근거 없는 희망들로 시간을 보내기도 했다. 그러나 그런 모든 생각들은 같은 결론으로 이어졌다. 우선은 차분하게 행동해야 하고, 인내하면서 가족들의 입장을 최대한 고려함으로써, 현재의 모습으로 그가 최소한 한 번은 가족들에게 일으킬 수밖에 없었던 불쾌감을 앞으로 가족들이 견딜 수 있게 만들어야 한다는 결론이었다.

거의 아직 밤이라고 할 만큼 아주 이른 아침에 그레고르는 막 내린 결정의 힘을 시험해 볼 기회를 가지게 되었다. 현관 쪽에서 거의 완전히 옷을 차려입은 누이동생이 문을 열고 들어와 긴장한 표정으로 방 안을 살폈다. 동생은 금세 그를 찾지는 못했다. 그러나 그가 소파 아래에 있다는 것을 알아챘을 때 그녀는 몸을 가눌 수 없을 만치 크게 놀라 다시 밖으로 나가 문을 잠갔다. 세상에, 어딘가는 있어야 하지 않겠는가, 날아가 버릴 수도 없지 않은가. 그리고 곧 누이동생은 자기의 행동을 후회했다. 바로 다시 문을 열더니 중환자나 낯선 사람의 집에 와 있기라도 한 것처럼 조심조심 발끝으로 걸어서 들어왔다. 그레고르는 머리를 소파의 가장자리로 살짝 내밀고 누이동생을 관찰했다. 과연 그가 우유를 그냥 내버려두었다는 것을, 그것도 절대 허기가 덜해서 그런 것이 아님을 알아챘을까, 그리고 그에게 더 잘 맞는 다른 음식을 가져다주려고 할까? 물론 당장이라도 소파에서 뛰쳐나가 동생의 발아래 몸을 던지고 무언가 먹기 좋은 것을 청하고 싶은 마음이 무서울 정도로 밀려왔다. 그렇지만 만약 동생이 스스로 알아서 해 주지 않으면, 동생에게 그렇게 배고픔을 알리기보다는 차라리 굶어 죽고 싶었다. 그러나 누이동생은 놀라운 표정을 지으면서 대접에 아직도 우유가 가득 들어 있다는 것을 금세 알아차렸다. 그저 약간 주변에 쏟아졌을 뿐이었다. 동생은 곧바로 대접을 들어 올렸다. 맨손이 아니라 헝겊 조각을 이용했다. 그리고 대접을 들고 나갔다. 그레고르는 누이동생이 어떤 다른 것을 가져다줄까 궁금했다. 그리고 그것에 대해 여러 가지 생각을 했다. 그러나 누이동생의 품성으로 과연 어떻게 할는지 조금도 추측할 수가 없었다. 누이동생은 그의 입맛을 알아보기 위해 온갖 종류의 먹을 것을 가지고 와서 모두 신문지 위에 넓게 펼쳐 놓았다. 오래되어 반쯤 썩은 채소와 저녁 식사 때 먹고 남은 뼈다귀가 있었다. 뼈다귀는 굳어 버린 하얀 소스로 범벅이 되어 있었다. 거기에 또 건포도와 아몬드 몇 알, 그레고르가 이틀 전에 맛이 없다고 말했던 치즈, 그리고 마른 빵, 버터를 바른 빵, 버터를 바르고 소금을 뿌린 빵도 있었다. 그 밖에도 누이동생은 그레고르 것이라고 완전히 정해진 듯한 대접을 놓아두었다. 거기엔 물이 담겨 있었다. 그리고 자기 앞에서는 그레고르가 편하게 먹을 수 없을 거라는 세심한 배려에서 누이동생은 서둘러 방을 나갔다. 그리고 밖에서 열쇠를 돌리기까지 했다. 내키는 대로 편하고 즐겁게 식사를 해도 좋다는 것을 그레고르에게 알려 주려는 생각에서였을 것이다. 그레고르의 작은 다리들은 이제 식사를 하러 가면서 쉭쉭 소리가 날 정도로 빨리 움직였다. 그의 상처들은 벌써 완전히 나아 있었다. 조금도 불편함이 느껴지지 않았다. 그레고르는 적잖이 놀라며 한 달 전에 칼에 베인 손가락의 상처를 떠올렸다. 이틀 전까지만 해도 그 상처가 몹시 아팠었다.

"이제 감각이 둔해진 걸까?"

그레고르는 이렇게 생각하는 사이 벌써 치즈를 게걸스럽게 빨아먹고 있었다. 치즈는 다른 음식들보다 빠르고 강력하게 그를 끌어당겼다. 너무나 기뻐 눈에선 눈물을 흘리면서 치즈, 야채 그리고 소스를 잇달아 순식간에 먹어 치웠다. 그렇지만 신선한 음식들은 전혀 구미에 맞지 않았다. 냄새조차 견디기 힘들었다. 먹고 싶은 것들을 한쪽으로 끌어 옮기기까지 했다. 금세 먹고 싶은 것을 모두 먹어 치우고 이제는 게으름을 즐기며 그 자리에 느긋하게 엎드려 있었다. 그때 누이동생은 뒤로 물러나야 한다는 신호인 듯 천천히 열쇠를 돌렸다. 그레고르는 거의 잠이 들어 있었지만 그 소리에 즉각 놀라 일어났고, 재빨리 다시 소파 밑으로 기어 들어갔다. 그런데 비록 누이동생이 방 안에 들어와 있는 짧은 시간이기는 하지만 소파 밑에 들어가 있는 것은 그에게 너무나 힘든 일이었다. 많이 먹은 탓에 몸뚱이가 둥그렇게 되어 그렇게 좁은 곳에서는 거의 숨을 쉴 수 없기 때문이었다. 조금씩 질식으로 인한 발작을 일으키며 조금 튀어나온 눈으로 동생이 일하는 모습을 바라보았다. 그레고르가 무엇을 건드렸는지 모르는 누이동생은 먹고 남은 찌꺼기만이 아니라 그레고르가 한 번도 건드리지 않은 음식들까지 이젠 아무 쓸모도 없어졌다는 듯 빗자루로 쓸어 모았다. 그러곤 그것들을 모두 양동이에 쏟아 넣고 나무 뚜껑을 덮어서는 밖으로 내갔다. 누이동생이 돌아서자마자 그레고르는 잽싸게 소파에서 기어 나와 몸을 쭉 뻗고 숨을 깊이 들이마셔 몸을 부풀렸다.

이런 방법으로 이제 그레고르는 매일 식사를 했다. 부모와 가정부가 아직 잠을 자고 있는 이른 아침에 한 번, 다른 사람들이 점심 식사를 한 후에 두 번째 식사를 했다. 점심 식사 후에는 부모가 모두 낮잠을 자고, 가정부는 누이동생이 무언가를 사 오라고 보냈기 때문이다. 부모도 분명히 그레고르가 굶어 죽기를 원하지는 않았다. 그러나 들어서 아는 것 이상으로 그의 식사에 대해 알게 되는 것은 견디기 힘든 모양이었다. 어쩌면 누이동생은 조금이라도 부모의 슬픔을 덜어 주려는 것일지 몰랐다. 실제로 부모는 충분히 고통을 받고 있기 때문이었다.

변신 후 첫 번째 오후에 의사와 열쇠 수리공을 어떤 말로 되돌려 보냈는지 그레고르는 전혀 알 수가 없었다. 사람들은 그레고르의 말을 알아들을 수 없었기 때문에, 그레고르가 그들의 말을 알아들을 거라고 생각하는 사람은 아무도 없었다. 누이동생도 마찬가지였다. 그래서 그레고르는 누이동생이 그의 방에 들어와 여기저기 오가며 탄식을 하고 기도를 하듯 성인들의 이름을 불러 댈 때, 그 소리를 듣는 것으로 만족해야 했다. 벌레가 된 그에게 완전히 익숙해지는 것은 물론 결코 불가능했다. 그렇지만 누이동생은 모든 일에 어느 정도 익숙해졌다. 그리고 그제야 비로소 친절한 의도로 했거나, 최소한 그렇게 해석될 수 있는 동생의 말을 들을 수 있었다.

"오늘은 정말 맛이 있었나 보네."

그레고르가 먹을 것들을 깔끔하게 먹어 치우면 누이동생은 그렇게 말했다. 그러나 반대의 경우도 있었다. 그리고 그런 경우는 점점 더 자주 반복되어 갔다. 그럴 때면 동생은 슬픈 목소리로 이렇게 말하곤 했다.

"또 전부 그대로 남아 있잖아."

이렇게 그레고르는 새로운 얘기를 직접 전해 들을 수는 없었다. 하지만 옆방에서 많은 것을 엿들었다. 목소리가 들리면 곧바로 그쪽 문으로 달려가서 온몸을 문에 바싹 붙였다. 가족들끼리 은밀하게 나누는 대화라고 해도 어떻게든 그와 관련되지 않은 대화는 없었다. 특히 처음에는 그랬다. 이틀 동안은 끼니마다 이제 어떻게 처신해야 할 것인지 상의하는 소리만 들렸다. 끼니와 끼니 사이에도 같은 주제에 대해 대화를 했다. 집에는 항상 최소 두 사람의 가족이 있었다. 아무도 혼자 집에 있으려 하지 않았고, 집을 완전히 비워 놓을 수도 없기 때문이었다. 가정부는 첫날 바로 무릎을 꿇고 즉시 자신을 해고해 달라고 어머니에게 빌었다. 가정부가 그날의 사건에 대해 무엇을, 얼마만큼 알고 있는지는 분명하지 않다. 그러나 그 일이 있고 십오 분 후에 집을 떠날 때, 가정부는 이 집에서 얻을 수 있는 가장 커다란 은혜라도 입은 것처럼 눈물을 흘리며 해고해 준 것에 대해 감사했다. 게다가 아무도 요구하지 않았는데도 저 스스로 먼저 아무리 작은 일도 절대 누설하지 않겠다고 무섭도록 단단히 맹세했다.

이제 누이동생은 어머니와 함께 요리까지 해야 했다. 물론 그다지 힘든 일은 아니었다. 모두가 거의 아무것도 먹지 않았기 때문이다. 어떤 한 사람이 식사를 하라고 부르면 다른 사람은 그저 "고맙지만 배가 불러." 혹은 그 비슷한 대답밖에 하지 않았다. 그레고르는 계속해서 그런 소리를 들었다. 마시지도 않는 것 같았다. 종종 누이동생은 아버지에게 맥주를 마시겠냐고 물었다. 그러고는 직접 맥주를 가져오겠다고 나섰다. 그런데도 아버지가 아무 말을 하지 않으면, 아버지의 이런저런 복잡한 생각들을 덜어 주기 위해 누이동생은 주택 관리인 아주머니를 시켜 맥주를 가져오게 할 수도 있다고 말했다. 그러고 나면 아버지는 결국 큰 소리로 "아니." 하고 말하고, 그것으로 그 이야기는 완전히 끝나 버렸다.

첫 번째 날이 채 끝나지도 않았을 때 이미 아버지는 어머니뿐 아니라 누이동생까지 앞에다 두고 모든 재산 상태와 앞으로의 전망을 내놓았다. 이따금 아버지는 탁자에서 일어나 오 년 전에 그의 사업이 망했을 때 간신히 건진 작은 금고에서 증서나 어음 따위를 꺼냈다. 아버지가 그 복잡한 자물쇠를 열고 찾던 것을 꺼내고 나서는 다시 잠그는 소리를 들을 수 있었다. 아버지의 이런 설명은 그레고르가 방 안에 갇힌 이후 처음으로 듣는 기쁜 소리였다. 그는 아버지가 실패한 사업으로부터 작은 부스러기 하나 남기지 못했다고 믿고 있었다. 적어도 아버지는 그레고르의 이런 생각과 반대되는 이야기를 한 번도 하지 않았다. 물론 그레고르도 그 일에 대해 묻지 않았다. 당시 가족들은 모두 아버지의 사업 실패로 인해서 완전히 희망을 잃은 상태였다. 그레고르는 가족들이 최대한 빨리 그 아픔을 잊도록 하는 데 온 힘을 다했다. 그래서 그는 활활 불을 지피듯 열정을 불태우며 일하기 시작했다. 그리고 거의 하룻밤 만에 하급 점원에서 출장 영업 사원이 되었다. 당연히 돈을 벌 수 있는 가능성이 판이하게 달라졌다. 이제 일의 결과는 곧바로 수수료를 받는 방식으로 바로 현금이 되었고, 그는 그 현금을 집의 식탁 위에 올려놓으면서 가족들을 놀래켜 주고 행복하게 만들어 줄 수 있었다. 아름다운 시절이었다. 이후로는 결코 그런 날이 오지 않았다. 나중에 그레고르는 온 가족이 호사롭게 살아가는 데 필요한 돈을 벌 수 있었고, 실제로 그렇게 벌어 오기도 했지만, 적어도 처음처럼 그렇게 찬란한 기쁨의 날은 다시는 찾아오지 않았다. 가족들도, 그레고르도, 금세 그런 일에 익숙해졌다. 가족들은 그레고르가 벌어 온 돈을 고맙게 받았다. 그레고르는 기꺼이 돈을 벌어다 주었다. 그러나 특별히 따스한 온기는 더 이상 느낄 수 없었다. 누이동생만이 계속 그레고르 곁에 남아 주었다. 그래서 그레고르는 비밀 계획을 가지고 있었다. 자기와는 달리 음악을 매우 좋아하고 바이올린을 감동적으로 연주할 줄 아는 누이동생을, 비용이 얼마가 들든 내년에 음악 학교에 보낸다는 계획이었다. 당연히 비용이 많이 들겠지만, 어떻게든, 어떤 다른 방법으로든 해결할 수 있는 문제였다. 그레고르가 시내에 잠깐씩 머무는 동안 누이동생과 대화를 나누면서 자주 음악 학교 얘기가 나오곤 했다. 그렇지만 언제나 실현될 수 없는 아름다운 꿈에 불과했다. 그런데 부모는 이런 순진한 이야기조차 단 한 번도 기분 좋게 들어주려 하지 않았다. 그러나 그레고르는 아주 진지하게 그 일을 생각했고, 크리스마스이브에 누이동생의 음악 학교 진학에 대해 엄숙하게 선언하려고 생각하고 있었다.

문에 몸을 바싹 붙이고 건너편의 소리에 귀를 기울이고 있는 동안, 그의 현재 상태로는 완전히 쓸모없게 된 그런 생각들이 머리를 스쳐 갔다. 가끔 그레고르는 전신의 피로 탓에 더 이상 귀를 솔깃하게 세우지 못하고, 무심결에 부주의하게 머리를 문에 부딪치기도 했다. 그러면 즉시 다시 머리를 세웠다. 아무리 작더라도 그가 소리를 내면 옆방에 들리게 되고, 그러면 모두가 침묵에 잠기게 될 것이기 때문이었다.

"저 애가 또 뭘 하고 있는 거야?"

한참이 지나 아버지는 이렇게 말한다. 분명히 문 쪽을 향해서 하는 소리이다. 그러고 나면 비로소 끊어졌던 대화가 서서히 다시 시작된다.

물론 아주 조금이기는 하지만 모든 불행에도 불구하고 옛날부터 간직해 온 재산이 있고, 그사이에 이자를 한 번도 건드리지 않았기 때문에 어느 정도 그 재산이 불어났을 거라는 사실을 그레고르는 이제 충분히 알았다. 아버지가 그 사실을 자주 반복해서 설명했기 때문이었다. 그렇게 설명을 반복했던 이유는 한편으로는 아버지 자신이 벌써 오랫동안 이런 일을 해 보지 않아서였고, 또 한편으로는 어머니가 모든 이야기를 한 번에 척 이해하지 못했기 때문이었다. 그 밖에도 그레고르가 매달 집으로 벌어 온 돈이 있었다. 그레고르 자신은 그저 용돈으로 몇 굴덴을 챙겼을 뿐이다. 나머지 돈을 완전히 다 써 버리지는 않아서 적으나마 재산이 되어 있었다. 문 뒤에서 그레고르는 열심히 고개를 끄덕이면서 아버지의 이런 기대하지 않았던 신중함과 절약에 대해 기뻐했다. 실제로 그레고르는 이렇게 쓰고 남은 돈으로 사장에게 진 아버지의 빚을 더 많이 갚아 나갈 수 있었을 것이다. 그렇게 되면 그가 이 직장을 그만둘 수 있는 날이 더 가까워졌을 것이다. 그러나 지금 이렇게 된 마당에는 아버지가 그렇게 처리했던 것이 백번 더 나은 일이 되었다.

그렇지만 지금의 이 돈은 가족들이 이자를 받아먹고 살기에는 턱도 없는 액수였다. 아마 가족들이 기껏해야 한 달, 최대 두 달까지 버틸 수 있는 정도였다. 그 이상은 아니었다. 그저 비상시를 위해 놓아두고 절대 건드리지 말아야 하는 정도의 돈이었다. 생활하기 위한 돈은 벌어야만 했다. 그러나 아버지는 아직 건강하기는 해도 벌써 오 년 동안 일을 하지 않은 늙은 남자였다. 이제 자신을 과신할 수 없는 나이였다. 지난 오 년은 힘겨웠지만 성공하지도 못한 인생을 살아오면서 처음 맞은 휴가였다. 그 시간 동안 아버지는 살이 많이 쪘고, 그래서 움직이기 버거울 만큼 무거웠다. 그렇다면 이제 어머니가 돈을 벌어야 할까? 어머니는 집 안에서 슬슬 산보하는 것조차 힘든 일이 될 만큼 심한 천식을 앓고 있다. 그리고 이틀에 하루는 호흡 곤란 때문에 창문을 열어 놓고 소파에 누워 지내야 했다. 그런 어머니가 돈을 벌 수 있을까? 그럼 이제 누이동생이 돈을 벌어야 할까? 누이동생은 아직 열일곱밖에 안 된 어린아이다. 이제까지 살아온 방식을 아주 기쁘게 즐겨 온 아이였다. 예쁜 옷을 입고, 늦잠을 자고, 집안일을 돕고, 이런저런 소박한 놀이들을 함께 끼어 즐기고, 무엇보다 바이올린을 연주하는 것이 이제까지 누이동생의 삶이었다. 그런 아이가 돈을 벌 수 있을까? 돈을 벌어야 한다는 이야기가 나오면 언제나 그레고르는 문 옆에 놓인 가죽 소파에 몸을 던졌다. 부끄러움과 슬픔으로 몸이 뜨겁게 달아올랐기 때문이었다. 종종 그는 밤이 새도록 잠 한숨 자지 않고 소파에 엎드려서 몇 시간 동안 가죽을 긁어 대기만 했다. 또한 그는 안락의자를 창가로 밀고 가는 몹시도 힘든 일을 주저 없이 해냈다. 그러고서 창문 아래 벽을 기어올라 안락의자로 몸을 받치고 창문에 기대섰다. 거기서 창밖을 바라보았다. 예전에 그 자리에서 느꼈던 해방감을 기억 속에서나마 다시 바라보고 싶은 까닭이었다. 실제로 그는 하루하루 시력이 나빠지고 있어서 조금만 떨어져 있는 것도 점점 더 흐릿하게 보였다. 예전에는 너무나 자꾸 눈에 띄어서 짜증이 나기도 했던 맞은편의 병원이 이제는 전혀 보이지 않았다. 조용하지만 완전히 도회지의 거리인 샤로텐가에 살고 있다는 것을 몰랐다면, 그레고르는 창문을 통해 보이는 곳이 잿빛 하늘과 잿빛 대지가 서로 구별할 수 없게 맞닿아 있는 어느 황야라고 믿었을 것이다. 사려 깊은 누이동생은 단 두 번 만에 안락의자가 창가로 옮겨져 있다는 사실을 인식한 게 분명했다. 방을 치우고 나면 언제나 안락의자를 다시 정확하게 창가로 밀어 놓았던 것이다. 나아가 안쪽 창문을 열어 놓기까지 했다.

그레고르가 누이동생과 대화를 나눌 수 있고, 그래서 동생에게 모든 일에 대해 고맙다고 말할 수 있었다면, 동생이 해 주는 일을 더 쉽게 받아들일 수 있었을 것이다. 그러나 지금 그레고르는 그 일 때문에 정말 괴로웠다. 누이동생은 물론 모든 일을 함에 있어서 귀찮고 힘들다는 느낌을 지우려고 무던히 노력했다. 그리고 당연히 시간이 갈수록 더욱 잘 해낼 수 있었다. 그러나 그레고르 역시 시간이 가면서 모든 상황을 훨씬 더 정확하게 꿰뚫어 볼 수 있었다. 동생이 방 안으로 들어

서는 것부터가 그에게는 끔찍한 일이었다. 보통 때 누이동생
은 가족들이 그레고르의 방을 들여다보는 고통을 피할 수 있
도록 세심한 주의를 기울였다. 그렇지만 청소를 하러 들어올
때면 방 안으로 들어서기가 무섭게 문을 닫을 사이도 없이
곧장 창문을 향해 달려갔다. 그러곤 거의 질식해 죽기라도 할
것처럼 다급한 손길로 창문을 열었다. 날씨가 추워도 한참을
창가에 서서 깊이 호흡을 했다. 이렇게 후다닥 달리고 덜컹덜
컹 큰 소리를 내면서 누이동생은 하루에 두 번씩 그레고르를
놀라게 했다. 그러는 동안 내내 그레고르는 소파 밑에서 덜
덜 떨고 있었다. 그렇지만 그레고르는 잘 알고 있었다. 창문
을 닫고도 그가 있는 방 안에 들어와 있는 것이 가능하기만
하면, 누이동생이 절대 그를 놀라게 할 마음은 없다는 것을.

그레고르의 변신 이후 벌써 한 달이 지나갔다. 이 정도 시
간이면 누이동생이 그의 모습을 보고 경악에 빠질 만한 특
별한 이유가 없었다. 어느 날 누이동생이 평소보다 조금 일
찍 방으로 들어오다가 그레고르와 마주쳤다. 그는 움직이지
도 않고, 그래서 남을 놀라게 하는 데 더욱 적당한 자세로 창
밖을 바라보고 있었다. 만일 누이동생이 그냥 방으로 들어오
지 않고 돌아갔다면, 그레고르도 특별히 이상하게 생각하지
않았을 것이다. 그의 자세가 바로 창문을 여는 데 방해가 되

기 때문이었다. 그러나 누이동생은 안쪽으로 들어서지 않았을 뿐 아니라, 황급히 뒤로 물러나 문을 잠가 버렸다. 모르는 사람이 보았다면 그레고르가 숨어서 동생을 기다렸다가 물려고 그랬다고 생각했을 것이다. 그레고르는 물론 곧바로 소파 밑으로 기어 들어갔다. 그러나 누이동생은 점심때가 되어서야 다시 돌아왔다. 전보다 훨씬 불안해 보이는 얼굴이었다. 누이동생이 여전히 그의 모습을 견뎌 내지 못하고 있고, 앞으로도 계속해서 견뎌 낼 수 없을 것임을 그레고르는 절실하게 깨달았다. 지금 소파 아래에서 밖으로 나간 몸뚱이 약간을 보고 도망치지 않는 것도 누이동생으로서는 정말 커다란 용기로 공포를 극복하고 있는 것이었다. 어느 날 그레고르는 이렇게 조그만 부분이라도 동생이 보지 않을 수 있도록 홑이불을 등에 실어 옮겨 와서는 소파 위에 정성스럽게 펼쳐 놓았다. 그의 몸이 완전히 가려져서 이제 누이동생이 몸을 굽혀도 그의 모습을 볼 수 없게 하려는 것이었다. 네 시간이 걸려서야 일을 마칠 수 있었다. 만약 이 홑이불이 필요 없다고 생각한다면 누이동생은 당연히 그것을 치울 수 있을 것이다. 그렇게 완전히 갇혀 버리는 것을 그레고르가 좋아할 리 없기 때문이었다. 그러나 누이동생은 그 이불을 있는 그대로 그냥 내버려두었다. 그리고 누이동생이 이 새로운 장치를 어떻게 생각하는지 알아보려고 조심스럽게 머리로 홑이불을 들어 올렸을 때, 동생이 고마움의 눈길로 바라보기까지 했다는 생각이 들었다.

처음 십사 일 동안 부모님은 감히 그를 찾아올 용기를 내지 못했다. 그리고 종종 부모가 지금 누이동생이 하고 있는 일을 크게 인정해 주는 소리를 들었다. 지금까지 거의 쓸모없는 여자애라는 생각으로 자주 구박을 해 대던 것과는 정반대의 모습이었다. 이제는 누이동생이 청소를 하는 동안 그레고르의 방 앞에서 아버지와 어머니 두 사람이 기다리는 경우가 많았다. 그러면 누이동생은 방에서 나오자마자 방 안이 어떤 모습인지, 그레고르가 무엇을 먹었는지, 이번에는 어떻게 행동했는지, 그리고 혹시 조금이라도 나아진 데는 없는지 자세히 설명해야 했다. 또한 어머니는 비교적 일찍 그레고르를 만나 보려고 했다. 그러나 아버지와 누이동생은 처음엔 이성적인 이유들을 들어 가면서 어머니를 만류했다. 그레고르가 아주 주의 깊게 들어 보아도 틀림없이 타당한 이유들이었다. 그러나 나중에는 힘을 써서 어머니를 말려야 했다. 그리고 어머니가 "나를 그레고르에게 가게 내버려둬, 그 애는 불쌍한 내 아들이야! 내가 저 애한테 가야 한다는 것을 어째서 그렇게 이해하지 못하는 거야?"라고 소리치면, 그레고르는 어머니가 들어오는 것이 좋을 것 같다는 생각을 했다. 물론 매일은 아니고, 일주일에 한 번쯤이면 좋을 듯했다. 어머니는 아무래도 누이동생보다 모든 일을 더 잘 처리할 수 있다. 아무리 용기를 내고 있다고 해도 동생은 아직 아이였다. 깊이 생각해 보면 이렇게 어려운 일을 떠맡은 것도 어쩌면 아이들이 보통 갖고 있는 신중하지 못한 가벼운 생각에서였을 것이다.

어머니를 보고 싶다는 그레고르의 소망은 곧 이루어졌다. 낮 동안에 그레고르는 부모님을 생각해서 창가에 모습을 드러내지 않으려고 했다. 그렇지만 몇 평 되지 않는 방바닥에서는 많이 기어다닐 수가 없었다. 가만히 웅크리고 있는 것은 이미 밤 동안에 하고 있는 것만으로도 견디기 힘들었다. 먹는 일은 금세 별 즐거움이 되지 못했다. 그래서 그는 오락으로 벽과 천장 위를 왔다 갔다 사방으로 기어다니는 습관을 갖게 되었다. 특히 천장에 매달려 있는 것이 좋았다. 바닥에 엎드려 있는 것과는 완전히 다른 느낌이었다. 더 자유롭게 숨 쉴 수 있었다. 가볍게 현기증이 일어 온몸을 타고 흘러갔다. 그리고 천장에 붙어서 느끼는 거의 행복에 가까운 즐거움 속에서 그레고르는 가벼운 스릴을 맛보기 위해 몸에 힘을 빼고 바닥으로 떨어졌다. 물론 이제 그레고르는 자기 몸을 예전과는 달리 완전히 자유자재로 다룰 수 있었다.

　그래서 그렇게 세게 떨어져도 다치지 않았다. 누이동생은 그레고르가 새로 발견한 놀이를 금세 알아챘다. 여기저기 곳곳에 점액을 묻혀 놓았기 때문이었다. 누이동생은 그레고르가 마음껏 기어다닐 수 있도록 방해가 되는 가구들, 특히 옷장과 책상을 치워야겠다고 생각했다. 그렇지만 이 일을 동생 혼자서 해낼 수는 없었다. 그렇다고 감히 아버지에게 도움을 청할 수도 없었다. 가정부 역시 동생을 도와줄 리가 없었다. 열여섯 살의 이 어린 가정부는 예전의 가정부가 해고된 이래로 용감하게 버티고는 있었지만, 부엌을 계속 잠가 두고 특별한 암호를 말할 때만 문을 열 수 있게 해 달라고 간절히 청했다. 결국 누이동생에게는 언젠가 아버지가 나가고 없을 때 어머니에게 도움을 청하는 수밖에는 다른 도리가 없었다. 어머니는 기쁨에 흥분된 마음으로 소리를 지르며 다가왔지만, 막상 그레고르의 방문 앞에 이르자 갑자기 입을 다물었다. 누이동생은 우선 방 안이 모두 정상인지 확인했다. 그러고서 어머니를 들어오게 했다. 그레고르는 서둘러 홑이불을 더욱 깊이, 더 많이 주름지도록 잡아당겼다. 결국 소파 위에 그저 우연히 홑이불이 던져져 있는 것처럼 보였다. 그레고르는 홑이불 아래에서 몰래 내다보는 일도 하지 않기로 작정했다. 이번에는 어머니를 보는 일을 포기한 것이다. 지금 어머니가 자기한테 온다는 사실만으로도 너무나 기뻤다.

"어서 와 엄마, 오빠는 보이지 않게 잘 숨었어."

누이동생이 말했다. 그리고 분명히 누이동생은 어머니의 손을 잡고 끌어 주고 있었다. 그레고르는 이제 두 명의 약한 여자가 여전히 무거운 오래된 옷장을 자리에서 끌어내느라고 낑낑거리는 소리를 들었다. 누이동생은 계속해서 힘든 일을 대부분 맡아 하려고 했다. 너무 무리하게 될까 걱정이 되어 어머니가 계속 말려도 소용이 없었다. 시간이 아주 오래 걸렸다. 십오 분이 넘게 일을 하고서 어머니는 옷장을 차라리 여기에 놓아두어야겠다고 말했다. 우선은 그것이 너무 무거워서 아버지가 집에 올 때까지는 치울 수가 없을 것이고, 그렇게 되면 옷장이 이렇게 방 한가운데 서 있게 되어 결국 그레고르가 다니는 길을 다 막아 버릴 거라는 이유였다. 두 번째 이유는 그레고르가 가구를 치우는 것을 정말 마음에 들어 할는지 분명하지 않다는 것이었다. 어머니는 그레고르가 좋아하지 않을 것 같다는 생각이었다. 텅 빈 벽을 바라보면서 어머니의 가슴이 무거워졌던 것이다. 왜 그레고르라고 그런 느낌이 없겠는가. 오랜 세월 방 안의 가구들에 익숙해져 왔는데, 만일 방 안이 텅 비게 되면 외롭고 허전한 느낌이 들

것이라는 말이었다.

"그리고 그렇지 않겠어……."

어머니는 마치 귓속말을 하는 것처럼 목소리를 아주 낮추면서 말을 멈췄다. 어머니는 그레고르가 어디에 있는지 정확히 알 수 없었다. 게다가 그레고르가 말을 알아듣지 못한다고 확신하고 있었지만, 그래도 그레고르가 목소리의 울림만이라도 듣게 될까 두려운 듯했다.

"그리고 그렇지 않겠어. 우리가 가구들을 치우는 것이 마치 그 애가 다시 좋아지게 될 거라는 희망을 완전히 포기하고 네 일은 네가 알아서 해 보라는 식으로 가차 없이 내치는 것처럼 느껴지지 않겠니? 내 생각엔 원래의 상태 그대로 내버려두는 것이 가장 좋을 것 같구나. 그레고르가 다시 우리에게로 돌아왔을 때, 변한 것이 하나도 없다고 느끼고, 그사이의 시간을 더욱 쉽게 잊어버릴 수 있게 말이야."

어머니의 이런 말을 들으면서 그레고르는 지난 이 개월 동안 그의 이성이 혼란스러워졌다는 생각이 들었다. 직접 사람과 마주하여 대화를 하지 못한 데다가, 가족들 사이에서의 단조로운 생활과 맞물려 그렇게 됐음이 틀림없었다. 그렇지 않고서야 자기가 방에서 가구들을 치워 주기를 바랐다는 사실을 설명할 방법이 없었다. 정말로 그는 따스하고 익숙한 가구들이 아늑하게 자리 잡고 있는 방을 동굴처럼 변하게 해주길 원하고 있는 것일까? 물론 그렇게 텅 빈 동굴이 되면 어느 방향으로든 마음껏 기어다닐 수 있을 것이다. 그렇지만 동시에 인간으로서의 기억을 순식간에 완전히 잊을 수도 있다. 벌써 그런 기억을 거의 잊어버린 것이 아닐까, 그저 오랜만에 들어 보는 어머니의 목소리가 그의 기억을 뒤흔들어 되살리고 있는 것이다. 아무것도 치워서는 안 된다. 모든 것을 그냥 내버려두어야 한다. 그레고르는 가구가 미치는 좋은 영향을 포기할 수 없었다. 가구가 쓸데없이 여기저기 기어다니는 것을 방해한다면, 그것은 손해가 아니라, 커다란 이익이 될 수 있는 것이다.

그러나 유감스럽게도 누이동생은 다른 생각을 가지고 있었다. 그사이 동생은 그레고르에 대해 부모와 이야기하게 되면 전문가의 입장에서 자기 생각을 말하곤 했다. 물론 너무나 당연한 일이기도 했다. 그리고 지금도 어머니의 충고는 오히려 누이동생의 생각을 더욱 강하게 만들었을 뿐이다. 누이동생은 처음 생각했던 대로 옷장과 책상만 치우는 것이 아니라, 꼭 필요한 소파를 제외한 모든 가구를 치워야 한다고 주장했다. 그것은 물론 치기 어린 고집과 최근에 동생이 어렵게 얻게 된 의외의 자신감 탓이기도 했다. 그렇지만 실제로 동생은 그레고르가 기어다니기 위해 많은 공간을 필요로 하고 있으며, 아무리 보아도 가구는 조금도 이용하지 않는다는 것을 잘 알고 있었다. 그러나 그레테에게는 어쩌면 그런 나이의 여자애들이 갖는 열정적인 마음이 함께 작용하고 있는지도 몰랐다. 기회가 있을 때마다 자기만족을 찾으려는 나이이다. 그리고 그런 열정적인 마음 때문에 지금 그레테는 그레고르의 상태가 더욱 끔찍하게 되기를 바라도록 자기 자신을 유혹하고 있는 것이다. 그렇게 되면 지금까지보다 더 많이 그레고르를 위해 헌신할 수 있기 때문이다. 그레고르가 텅 빈 벽을 사방으로 휘젓고 다니는 방 안으로 감히 들어설 수 있는 사람은 그레테 말고는 아무도 없을 것이기 때문이었다.

그렇게 누이동생은 어머니의 말 때문에 자기의 결정을 단념하지 않았다. 또한 이 방에 들어온 어머니는 커다란 불안감 탓에 자기 생각에 자신이 없어 보였다. 결국 어머니는 금세 말을 멈추고 옷장을 들어내는 누이동생을 힘껏 도왔다. 좋다, 정 그래야 한다면 그레고르는 옷장 없이 지낼 수도 있다. 그렇지만 책상은 꼭 남아 있어야 한다. 그래서 두 여자가 낑낑대며 옷장과 함께 방을 나갔을 때, 그레고르는 소파 아래에서 머리를 쏙 내밀었다. 어떻게 하면 조심스럽게 그리고 최대한 두 여자를 배려하면서 그 일에 끼어들 수 있을까 살

퍼보기 위해서였다. 그런데 불행하게도 먼저 방으로 돌아온 사람은 어머니였다. 그레테는 옆방에서 옷장을 부둥켜 잡고 꼼짝도 안 하는 옷장을 혼자서 이리저리 흔들고 있었다. 그러나 어머니는 그레고르의 모습에 익숙하지 않았기 때문에 자칫 어머니를 쓰러지게 만들 수도 있었다. 그래서 그레고르는 깜짝 놀라 소파 반대편 끝에 닿을 때까지 황급히 뒤로 달렸다. 그러나 소파를 덮고 있는 홑이불 앞쪽이 약간 움직이는 것까지 막을 수는 없었다. 그것만으로도 어머니의 시선을 끌기에 충분했다. 어머니는 몸이 굳어 한순간 옴짝달싹 않더니, 그레테에게 돌아갔다.

무슨 특별한 일이 벌어지고 있는 게 아니라 그저 가구 몇 개의 위치가 바뀔 뿐이라고 계속 반복해서 자기 자신에게 말해 보아도, 그 일이 그에게 미치는 엄청난 충격을 금세 인정할 수밖에 없었다. 어머니와 그레테가 들락날락하는 소리, 서로 부르는 소리, 가구가 바닥에 닿아 긁히는 소리는 사방에서 휘몰아치는 바람처럼 그를 자극했다. 머리와 다리를 바싹 움츠리고 몸을 바닥에 찰싹 붙인 채로 그레고르는 이 모든 상황을 그리 오래 견뎌 낼 수는 없을 거라는 생각을 했다. 그들은 그의 방을 깨끗이 치워 버렸다. 그가 좋아하는 모든 것을 가져갔다. 실톱과 다른 공구들이 들어 있던 상자는 벌써 예전에 내다 버렸다. 이제는 바닥에 단단히 자리 잡고 있던 책상을 흔들어 움직이고 있다. 그레고르가 상과 대학생 시절, 중학생 시절, 심지어는 초등학생 시절부터 그 앞에 앉아 숙제를 해 왔던 책상이었다. 이제 더 이상 두 여자가 가지고 있는 좋은 의도를 시험해 볼 수 있는 시간이 많지 않았다. 게다가 그레고르는 여자들이 있다는 것 자체를 거의 잊어버리고 있었다. 일을 하느라 너무 지쳐서 두 여자 모두 아무 말이 없었기 때문이었다. 이제 들리는 것이라곤 두 사람의 무거운 발걸음 소리뿐이었다.

그러자 그레고르는 앞으로 달려 나왔다. 여자들은 막 옆방에서 책상에 기대어 숨을 돌리고 있었다. 그레고르는 달려가는 방향을 네 번이나 바꾸었다. 무엇부터 구해 내야 할지 정할 수가 없었던 것이다. 그때 이미 텅 비워진 벽에 걸려 있는 사진이 그의 시선을 확 잡아끌었다. 요란스럽게 모피로 치장한 여자의 사진이었다. 서둘러 벽으로 기어 올라간 그레고르는 액자 유리에 찰싹 달라붙었다. 유리는 그를 잘 붙어 있게 해 주면서 그의 뜨거운 배를 기분 좋게 식혀 주었다. 최소한 이 사진만은 절대 빼앗아 갈 수 없을 거야. 그레고르는 이제 그림을 완전히 덮고 있었다. 그러곤 여자들이 돌아오는지 살펴보려고 거실 문 쪽으로 머리를 돌렸다.

여자들은 그리 오래 휴식을 즐기지 않고, 벌써 다시 돌아오고 있었다. 그레테는 팔로 어머니를 두르고, 거의 들어 나르다시피 하고 있었다.

"그럼 이제 무엇을 내갈까?" 그레테는 이렇게 말하며 방 안을 둘러보았다. 그때 누이동생의 시선이 벽에 달라붙어 있는 그레고르의 눈길과 교차했다. 아마도 어머니가 있었기 때문에 그레테는 침착함을 유지할 수 있었을 것이다. 그레테는 어머니에게 얼굴을 숙였다. 어머니가 방 안을 둘러보지 못하게 하려는 것이었다. 그러면서 당연하게 떨리는 목소리로 엉겁결에 말했다.

"엄마, 우리 거실로 돌아가서 잠깐 더 거기 있는 게 좋지 않을까?"

그레테가 무엇을 계획하고 있는지 그레고르는 분명하게 알고 있었다. 우선 어머니를 안전한 자리로 가도록 하고, 그를 벽에서 몰아 내려가게 하려는 것이었다. 그래, 누이동생은 분명히 그럴 거야! 그레고르는 그의 그림 위에 달라붙어서 절대 내주지 않겠다고 다짐했다. 차라리 그레테의 얼굴 위로 뛰어내릴 생각이었다.

그러나 그레테의 말은 어머니를 불안하게 만들었다. 어머니는 옆으로 한 걸음 비켜서서는 꽃무늬 벽지 위에 붙어 있는 거대한 갈색의 얼룩을 바라보았다. 자기가 본 것이 그레고르라는 생각을 미처 하기도 전에 찢어지는 거친 목소리로 비명을 지르기 시작했다.

“에구머니나, 아이고 하나님!”

그리고 팔을 넓게 벌리고 모든 것을 포기한 사람처럼 소파 위로 쓰러져서 움직이지 않았다.

“그레고르 오빠!”

누이동생이 주먹을 치켜들고 날카로운 목소리로 소리쳤다. 벌레로 변한 이후에 직접 그를 향해 던져진 첫 번째 말이었다. 그레테는 기절한 어머니를 깨울 수 있는 어떤 향유를 가져오려고 옆방으로 달려갔다. 그레고르도 돕고 싶었다. 사진을 구하는 일은 아직 시간이 있었다. 그러나 액자 유리에 찰싹 달라붙어 있는 탓에 힘을 주어 억지로 떼어 내야 했다. 그러고서 예전처럼 누이동생에게 도움이 되는 말을 해 주려는 것처럼 옆방으로 달려갔다. 하지만 정작 거기에 이르러선 누이동생 뒤에 가만히 서 있을 수밖에 없었다. 여러 가지 병을 뒤적이던 누이동생은 뒤를 돌아보다 기겁을 했다. 병 하나가 바닥에 떨어져서 깨졌다. 병 조각들이 그레고르의 얼굴에 상처를 냈고, 어떤 자극적인 액체가 온몸에 묻어 흘러내렸다. 그레테는 이제 더 이상 멈칫거리지 않고 손에 잡을 수 있는 만큼 병들을 집어 들고는 어머니가 쓰러져 있는 그레고르의 방으로 달려 들어가 문을 닫았다. 이제 그레고르는 자기 잘못으로 어쩌면 사경을 헤매고 있을지도 모르는 어머니로부터 격리되었다. 문을 열어서는 안 되었다. 어머니 곁에 있어야 할 누이동생을 쫓아내고 싶지는 않았기 때문이다. 이제 그레고르는 기다리는 수밖에 다른 도리가 없었다. 이제 심한 자책과 걱정에 짓눌려 벽이며 가구, 천장까지 거실을 사방팔방 미친 듯 기어다니기 시작했다. 그러다가 방 전체가 그를 둘러싸고 빙빙 돌기 시작했을 때, 결국 그레고르는 절망에 빠져 방 한가운데 있는 커다란 탁자 위로 떨어졌다.

짧은 시간이 흘렀다. 그레고르는 정신을 잃고 나자빠져 있었다. 주위가 온통 고요했다. 어쩌면 좋은 신호인 듯했다. 그때 초인종 소리가 들렸다. 가정부는 평소처럼 부엌문을 걸어 잠그고 그 안에 틀어박혀 있었다. 그래서 그레테가 문을 열어 주러 가야 했다. 아버지가 들어왔다.

"무슨 일이야?"

아버지의 첫 번째 말이었다. 그레테의 표정이 아버지에게 모든 일을 말해 주고 있었다. 그레테는 울림이 없는 둔탁한 목소리로 대답했다. 분명히 아버지의 가슴에 얼굴을 파묻고 있을 것이다.

“엄마가 정신을 잃었어요, 하지만 금세 괜찮아질 거예요. 오빠가 방에서 나왔어요.”

“내 그럴 줄 알았지.”

아버지가 말했다.

“내가 항상 그럴 거라고 말했지. 그래도 너희 여자들은 들으려고도 하지 않았잖아.”

아버지가 그레테의 지나치게 짧은 설명을 잘못 이해하고 그레고르가 어떤 식으로든 폭력적인 행동을 했다고 생각한 것이 분명했다. 그래서 그레고르는 일단 아버지의 마음을 누그러뜨려야 했다. 아버지에게 상황을 차근차근 해명할 수 있는 시간도, 또 그럴 가능성도 없었기 때문이다. 그레고르는 서둘러 자기 방문 앞으로 기어가 문을 몸으로 밀고 있었다. 자기 방으로 돌아가려는 좋은 의도를 가지고 있다는 사실을, 그러므로 그를 몰아댈 필요가 없으며 그저 문만 열어 주면 바로 방 안으로 사라져 버릴 것이라는 사실을, 아버지가 거실로 들어서면서 곧바로 알아볼 수 있게 하려는 생각이었다.

그러나 아버지가 그렇게 섬세한 생각을 알아챌 수 있는 분위기가 아니었다. “앗!” 거실로 들어서면서 아버지는 분노와 즐거움이 함께 울려 나오는 소리를 질렀다. 그레고르는 문을 향하고 있던 머리를 돌려 아버지를 향해 들어 올렸다. 그런데 거기엔 지금까지 정말 상상조차 하지 못했던 모습의 아버지가 서 있었다. 물론 그레고르는 최근에 새로운 종류의 기어다니기를 즐기느라 예전처럼 다른 방에서 일어나는 일들에별로 신경을 쓰지 못했다. 그래서 변화된 상황을 겪을 마음의 준비를 하고 있어야 했다. 그렇지만, 아무리 그렇다고 해도 과연 이 사람이 아버지가 맞을까? 예전에 그레고르가 출장을 떠날 때면 아버지는 피곤한 모습으로 침대에 파묻혀 있었고, 집에 돌아오는 저녁이면 잠옷을 입은 채로 안락의자에앉아 그를 맞았다. 일어설 힘도 제대로 없었기 때문에 그저팔을 들어 올려 반가움을 표시했다. 그리고 일 년에 몇 차례일요일이나 아주 특별한 휴일에 가족이 함께 산책을 나가면,가뜩이나 천천히 걷고 있는 그레고르와 어머니 사이에서 아버지는 언제나 더 느리게 걸었다. 낡은 외투에 몸을 파묻고계속해서 조심스럽게 지팡이로 땅을 짚으며 걷던 아버지, 무엇인가 말하려고 하면 거의 항상 제자리에 가만히 서서 함께 걷고 있는 가족들을 자기 주위로 불러 모았던 아버지, 과연 이 사람이 그 아버지와 같은 사람일까? 이제 아버지는 꼿꼿이 똑바로 서 있는 강건한 모습이었다. 금단추가 달린 단정한 파란 제복을 입고 있었다. 은행의 급사들이 입는 것 같은 옷이었다. 윗도리의 빳빳한 목깃 위로 아버지의 두터운 이

중 턱이 불룩 불거져 얹혀 있었다. 짙은 눈썹 아래로 검은 눈
의 시선이 생생하고 예리하게 빛을 발하고 있었다. 평상시엔
흐트러져 있던 하얀 머리칼이 지나칠 정도로 정확한 가르마
를 타서 번쩍번쩍 빛나는 헤어스타일로 변해 있었다. 아버지
는 모자를 집어 던졌다. 모자에는 은행의 표시인 듯한 금색
마크가 붙어 있었다. 모자는 포물선을 그리며 방 전체를 가
로질러 건너편의 소파 위로 떨어졌다. 그리고 아버지는 긴 제
복 윗도리의 끝자락을 뒤로 젖히고 손을 바지 주머니에 넣은
채 씁쓸한 표정으로 그레고르를 향해 걸어왔다. 아버지 자신
도 자신이 무엇을 하려고 하는지 모르고 있는 듯했다. 여전
히 아버지는 이상할 정도로 발을 높이 들어 올렸다. 그레고
르는 아버지가 신고 있는 장화의 굽이 엄청나게 커다란 것
에 놀랐다. 그 상황에서 그레고르는 꼼짝 않고 있을 수만은
없었다. 벌레로서 새로운 삶을 시작한 첫날부터 그레고르는
분명하게 알고 있었다. 아버지는 그에 대해 최대한 엄격하게
행동해야 한다고 생각했다. 그래서 그레고르는 아버지가 다
가오는 만큼 도망쳤다. 아버지가 멈춰 서면 그도 멈췄다. 그
러다 아버지가 조금이라도 움직이면 잽싸게 다시 앞으로 달
렸다. 그렇게 그들은 거실을 몇 바퀴나 돌았다. 그렇지만 아
무런 결정적인 일도 벌어지지 않았다. 아버지와 그레고르의

행동 모두가 워낙 느린 속도로 진행되었기 때문에 전혀 쫓고 쫓기는 추적의 장면처럼 보이지 않았다. 그렇기 때문에 그레고르도 지금 당장은 바닥으로만 다니고 있었다. 또한 벽이나 천장으로 도망가면 아버지가 그것을 아주 몹쓸 행동으로 생각할까 두렵기도 했다. 물론 자기가 이렇게 뛰어서 도망치는 일을 오래 계속할 수는 없다는 것을 그레고르 스스로 잘 알고 있었다. 아버지가 한 걸음을 옮길 때, 그는 수많은 동작을 해야 하기 때문이었다. 이미 호흡 곤란이 느껴지기 시작했다. 예전에도 자신할 만큼 튼튼한 폐를 가지고 있지는 못했다. 이제 그는 남아 있는 모든 힘을 달리는 데 집중하느라 비틀거리면서 눈도 제대로 뜨고 있을 수 없었다. 그렇게 둔하고 몽롱해진 상태에서 그레고르는 달리는 것 말고는 어떤 다른 도주 방법도 생각하지 못했다. 심지어는 자신이 벽을 자유자재로 타고 다닐 수 있다는 사실조차 거의 잊고 있었다. 물론 거실의 벽들은 섬세하게 조각된 가구들로 온통 삐쭉삐쭉 날카롭기도 했다. 그때 가볍게 던진 무언가가 그레고르 바로 옆으로 날아와 떨어져 바닥을 맞추고는 떼굴떼굴 굴러왔다. 사과였다. 곧바로 두 번째 사과가 그를 향해 날아왔다. 그레고르는 깜짝 놀라 멈춰 섰다. 더 달아나는 것은 소용없는 일이었다. 아버지는 폭격하듯이 사과를 그레고르에게 퍼붓겠다고 작정하고 있었다. 식탁 위 과일 접시의 사과들을 주머니마다 가득 채우고는 처음에는 정확하게 조준하지 않은 상태로 하나씩 던지기 시작했다. 작고 붉은 사과들이 마치 감전이라도 된 것처럼 바닥 위를 이리저리 굴러다니면서 서로 부딪혔다. 살살 던진 사과 하나가 그레고르의 등을 스쳤다. 그러나 상처를 입히지 않고 미끄러졌다. 하지만 바로 뒤를 이어 날아온 다른 사과는 정확하게 그레고르의 등에 박혔다. 그레고르는 그 끔찍하고 섬뜩한 고통이 자리를 옮기면 사라지게 될 것처럼 급하게 도망가려고 했다. 그러나 단단하게 못질을 당한 듯 극심한 고통이 밀려오고 모든 감각이 완전히 흐려지면서 정신을 잃고 그대로 뻗어 버리고 말았다. 그가 마지막으로 본 것은 그의 방문이 열리고, 소리치는 누이 앞에서 어머니가 황급히 달려 나오고, ―어머니는 속옷 바람이었다, 누이동생이 실신한 어머니가 숨을 잘 쉴 수 있게 겉옷을 벗겼기 때문이었다― 어머니가 아버지에게 달려가고, 단추를 풀어 놓은 치마들이 달려가는 도중에 하나씩 바닥으로 떨어지고, 치마에 걸려 넘어질 듯이 아버지에게로 뛰어들어 두 팔로 아버지를 부둥켜안고, 아버지와 완전히 한 덩어리가 된 상태로 아버지의 머리 뒤로 두 손을 모아 그레고르를 살려 달라고 비는 모습이었다.

Ⅲ

그레고르는 심한 상처로 인해 한 달이 넘게 고통을 겪고 있었다. 아무도 빼내려고 나서지 않았기 때문에 사과는 눈에 보이는 기념물이 되어 그의 살 속에 그대로 박혀 있었다. 그레고르의 심한 부상은 비록 현재 슬프고 구역질 나는 형상을 하고 있기는 하지만 그래도 그가 가족의 일원이라는 기억을 다른 가족들은 물론 심지어 아버지에게까지 되살리게 하는 듯 보였다. 한 가족이기에 그레고르를 적으로 대해서는 안 되고, 그에 대한 역겨움을 억누르고 참아 내야만 한다는 생각이었다. 다른 무엇이 아니라 참아 내는 것, 그것이 가족의 의무요, 계율이었다.

그레고르는 상처 탓에 영원히 제대로 움직이지 못하게 될 수도 있었다. 지금은 방을 가로지르려고만 해도 마치 늙은 불구자처럼 한참이 걸렸다. 벽을 기어오르는 일은 생각조차 할 수 없었다. 그럼에도 불구하고 그레고르는 이렇게 극도로 악화된 상태 덕에 완전히 만족할 만한 보상을 받았다고 생각했다. 언제나 저녁이 되면 거실 문이 열렸다. 그레고르는 한두 시간 전부터 벌써 거실 문을 뚫어져라 처다보곤 했다. 거실 문이 열리면 어두운 자기 방 안에 웅크리고 있는 그레고르를 거실 쪽에서는 볼 수 없었지만, 그레고르는 불이 켜진 탁자에 모여 앉은 온 가족을 볼 수 있었고, 모두가 허락하기만 하면 전과는 완전히 다른 방법으로 그들의 대화를 들을 수 있었다.

물론 예전과 같이 생동감 넘치는 즐거운 대화는 더 이상 찾아볼 수 없었다. 예전에 그레고르는 지친 몸으로 작은 호텔 방의 축축한 침대에 누워야만 했을 때 가족들의 즐거운 대화를 꽤나 간절하게 생각하곤 했다. 이제는 대부분 아주 조용하기만 했다. 아버지는 저녁 식사를 하고 나면 곧바로 안락의자에 푹 파묻혀 잠이 들었다. 어머니와 누이동생은 서로에게 조용히 하라고 눈짓을 보냈다. 어머니는 불빛 아래로 몸을 깊게 숙이고서 의류점에서 맡은 섬세한 옷감을 바느질하고 있었다. 판매원 일자리를 얻은 누이동생은 저녁이면 속기와 프랑스어를 배웠다. 나중에 더 좋은 일자리를 갖기 위해서였다. 때때로 아버지가 일어났다. 그러면 자기가 잠이 들었다는 것을 전혀 모른다는 듯이 어머니에게 말했다. "오늘은 또 얼마나 오래 바느질을 하는 거야!" 그러고는 바로 다시 잠이 들었다. 어머니와 누이동생은 피곤한 얼굴로 서로에게 미소를 지어 주었다.

일종의 고집으로 아버지는 집에서도 급사 제복을 벗으려

고 하지 않았다. 쓸모가 없어진 잠옷은 옷걸이에 걸려 있는 반면에, 아버지는 항상 근무할 자세가 되어 있고, 여기 집에서도 상사의 목소리를 기다리고 있기라도 한 것처럼 직장에서 입는 옷을 그대로 입고 꾸벅꾸벅 졸고 있었다. 이렇게 집에서도 벗지 않았기 때문에 처음부터 새것이 아니었던 제복은 어머니와 누이동생이 온갖 정성을 들였음에도 도저히 깔끔할 수가 없었다. 그레고르는 종종 저녁 내내 겹겹이 얼룩이 진 아버지의 제복을 바라보았다. 계속 닦아 대서 번쩍번쩍 빛나는 금단추가 달린 그 지저분한 옷을 입고 늙은 아버지는 너무나 불편하지만 그래도 조용하게 잠을 자고 있었다.

시계가 열 시를 울리면 곧바로 어머니가 나직한 소리로 아버지를 깨워 침대로 가서 자라고 설득했다. 안락의자에서는 제대로 잠을 잘 수가 없는데 여섯 시에 직장에 도착해야 하는 아버지로서는 제대로 잠을 자는 것이 절대적으로 필요하기 때문이었다. 그러나 급사로 일을 하면서부터 생겨난 고집 때문에 아버지는 규칙적으로 잠이 들면서도 언제나 탁자 곁에 더 오래 있겠다고 버텼다. 그렇게 되면 크게 애를 써야만 아버지를 안락의자에서 침대로 옮길 수 있었다. 어머니와 누이동생이 가볍게 핀잔을 주듯 아버지에게 말해 보지만, 아버지는 천천히 머리를 흔들 뿐, 여전히 눈을 감은 채로 일어나지 않는다. 어머니는 아버지의 소매를 잡아당기며 아버지 귀에 대고 소곤소곤 듣기 좋은 말을 해 주고, 누이동생도 숙제를 내려놓고 어머니를 도우려고 나서 보지만, 아버지는 그 정도론 움직일 기미조차 보이지 않는다. 안락의자 속으로 더 깊이 파묻힐 뿐이다. 여자들이 그의 어깨 아래를 붙잡고 부축을 할 때야 비로소 아버지는 눈을 뜨고 어머니와 누이동생을 번갈아 보며 이렇게 말한다. "이게 사는 거야. 이것이 늙은 내가 누리는 휴식이지." 그러곤 두 여자에게 기대어 힘겹게 일어선다. 그 자신도 감당하기 힘든 엄청나게 커다란 짐이라도 되는 것처럼 여자들의 힘을 빌려 방문까지 움직인다. 그리고 거기까지 가서는 여자들에게 눈짓을 하고 이제 자기 힘으로 계속 걷는다. 그사이에 어머니와 누이동생은 아버지의 뒤를 쫓아가 계속 도와주기 위해서 각자 바느질 도구와 펜을 서둘러 던져 놓는다.

이렇게 온 가족이 과로에 지쳐 파김치가 되는 상황에서 그레고르를 돌봐 줄 시간이 꼭 필요하다고 생각하는 사람이 어디 있겠는가? 가정 형편은 갈수록 어려워지고 있었다. 가정부도 벌써 내보낸 상태였다. 키가 크고 비쩍 마른 파출부가 흰 머리칼을 풀어 헤치고 아침저녁으로 가장 힘이 드는 집안일을 해 주러 왔다. 그 밖의 모든 일은 가뜩이나 삯바느질로 힘든 어머니의 몫이었다. 심지어 가족들의 장신구를 팔기도 했다. 예전에 파티나 중요한 행사들이 있을 때 어머니와 누이동생이 치장을 하면서 너무나 기뻐했던 장신구들이었다. 그레고르는 가족들이 함께 모여 장신구 가격으로 얼마를 받아야 할지 이야기하는 것을 듣고 그 사실을 알게 되었다. 그렇지만 언제나 가족들이 가장 한탄스럽게 말하는 것은 현재의 형편으로는 너무나 덩치가 큰 이 집을 떠날 수 없다는 사실이었다. 어떻게 그레고르를 옮겨야 할지 묘안이 떠오르지 않았기 때문이었다. 그러나 그레고르는 이사를 못 하는 것이 결코 자기 때문만은 아니라는 생각이 들었다. 공기구멍 몇 개 뚫어 놓은 알맞은 크기의 상자에 넣는다면 조금도 어렵지 않게 그를 옮길 수 있었다. 가족들을 이사 가지 못하게 붙들어 매는 가장 중요한 요인은 모든 친척과 친지들 중에 그 누구도 당해 본 적이 없는 불행을 겪고 있다는 생각과 그로 인한 완전한 절망감이었다. 세상이 가난한 사람들에게 요구하는 것을 그들은 최대한 열심히 해 나가고 있었다. 아버지는 은행 말단 직원들에게 아침을 가져다주고, 어머니는 낯선 사람들의 옷을 짓느라 온 힘을 다 바친다. 누이동생은 손님의 명령에 따라 판매대 뒤에서 이리저리 뛰어다닌다. 그렇게 하는데도 가족들의 힘은 너무나 모자란다. 어머니와 누이동생은 아버지를 침대로 데려다주고 다시 돌아와 일은 그냥 내버려두고 서로에게 가까이 다가가 뺨을 맞대고 앉는다. 이제 어머니가 그레고르의 방을 가리키며 말한다. "저 문을 닫아라, 그레테." 이제 그레고르는 다시 어둠 속에 파묻히고, 여자들은 닫힌 문의 건너편에서 줄줄 흐르는 눈물이 섞이도록 부둥켜안고 있거나, 눈물도 말라 버려 그저 탁자만 응시한다. 이럴 때면 그레고르는 등의 상처가 금방 새로 생긴 것이라도 되는 것처럼 다시 아파 오기 시작했다.

그레고르는 거의 잠 한 번 자지 못하고 여러 날을 보냈다. 가끔 그는 다음번 문이 열릴 때면 예전과 마찬가지로 가족의 일들을 다시 맡아 할 수 있겠다는 상상을 한다. 다시 한참 시간이 흐른 뒤에 그의 상상 속에 사장과 지배인, 점원들 그리고 수습사원들, 원칙을 고집하는 급사, 두세 명의 다른 업체 친구들, 지방 한 호텔의 방 청소하는 가정부, 불현듯 스쳐 가는 사랑스러운 기억, 모자 업체에서 만난 경리, 그레고르는 그녀에게 진지하게 그렇지만 너무나 느릿느릿 구애했다. ─그들 모두가 낯선 사람들이나 혹은 이미 잊힌 사람들과 뒤섞여 나타났다─ 그러나 그와 그의 가족을 도와주지는 않았다. 그들 어느 누구에게도 다가갈 수가 없었다. 그래서 그들이 사라졌을 때 그레고르는 오히려 기뻤다. 그러나 그 후 그레고르는 또다시 전혀 가족들을 걱정할 기분이 아니었다. 그저 가족들의 못된 기대에 대한 분노에 휩싸여 도대체 자기가 무엇을 먹고 싶어 하는지 아무 생각도 없었음에도 불구하고 어떻게 식품 저장고로 갈 수 있을지 계획을 세웠다. 조금도 배고프지 않았지만 거기에 가서 마땅히 그의 몫이어야 할 것을 가지겠다는 생각이었다. 이제 누이동생은 그레고르가 어떤 것을 좋아할지는 조금도 생각하지 않았고, 아침과 점심에 가게로 달려 나가기 전에 서둘러 아무거나 눈에 띄는 음식을 발로 그레고르의 방 안으로 툭 밀어 놓았다. 저녁이면 그레고르가 그저 맛만 조금 보았는지, 아니면 대개 그렇듯이 아예 건드리지도 않았는지 한번 거들떠보지도 않고, 빗자루를 획 휘둘러서 그 음식을 치워 버렸다. 누이동생이 매일 저녁마다 해 주었던 방 청소는 이제 더 이상 그렇게 바쁘게 해야 할 일이 아니었다. 더러운 줄들이 벽마다 길게 그어져 있었고, 여기저기 먼지와 음식 쓰레기가 뭉쳐진 동그란 덩어리가 굴러다녔다. 처음에는 누이동생이 들어올 때 특별히 지저분한 구석에 자리를 잡고 있었다. 그런 자세를 취함으로써 조금은 누이동생을 책망하려는 생각이었다. 그렇지만 누이동생은 조금도 나아지지 않았다. 괜히 그레고르만 일주일도 넘게 거기서 꼼짝 못 하고 있을 뻔했던 것이다. 누이동생 역시 그레고르와 마찬가지로 더러운 구석들을 보았지만, 그냥 내버려두기로 결심하고 있었다. 그사이에 누이동생에게 완전히 새롭고 예민한 감정이 깨어났는데, 그 감정은 실상 온 가족을 휘어잡고 있었다. 누이동생은 그레고르의 방을 청소하는 일이 완전히 자기의 소관이라고 생각했고, 그 점에 대해 아주 민감했다. 한 번은 어머니가 그레고르의 방을 대청소했다. 몇 양동이의 물을 다 쓰고서야 간신히 청소를 마칠 수 있었다. 물론 그레고르는 물기가 너무 많아 괴로웠고 그래서 축 처져 움직이지도 않고 짜증스럽게 소파 위에 웅크리고 있었다. 그러나 어머니가 받아야 할 벌은 비켜 가지 않았다. 저녁이 되어 그레고르의 방 안이 변한 것을 눈치챈 누이동생은 즉각 그것을 극도의 모욕으로 느꼈다. 어머니가 제발 그러지 말라고 손을 들어 애원하는데도 소리소리 질러 대던 누이동생은 심하게 울음을 터뜨리며 발작을 일으켰다. 당연히 아버지도 놀라 안락의자에서 일어났다. 부모는 발작을 일으킨 누이동생을 처음엔 그저 당황하여 어쩔 줄 모르고 바라볼 뿐이었다. 그러다 그들 모두가 움직이기 시작했다. 아버지는 오른쪽에서 어머니를 질책했다. 그레고르의 방을 누이동생이 청소하도록 내버려두지 않았다는 소리였다. 왼쪽에선 누이동생이 다시는 오빠의 방을 청소하지 말아야 한다며 소리를 질러 댔다. 그러는 동안에도 어머니는 너무나 흥분해서 어디로 가야 할지 모르는 아버지를 침실로 데려다주려 하고 있었다. 어깨를 들썩이며 울먹이던 누이동생은 그녀의 작은 주먹으로 탁자를 마구 때렸다. 그리고 그레고르는 화가 나서 바깥까지 들리도록 씻씻 소리를 냈다. 가족들의 그런 모습과 소리를 모르고 지낼 수 있게 문을 닫아 주는 사람이 아무도 없었기 때문이었다.

그러나 누이동생이 직장 때문에 녹초가 돼서 예전처럼 그레고르를 돌보는 데 무리가 있다고 해도, 그런데도 어머니가 동생 대신에 그 일을 하면 절대 안 된다고 해도, 그럼에도 그레고르는 소홀하게 대접받지 않을 수도 있었다. 이제 가정부가 있었기 때문이다. 길고 긴 삶 속에서 강한 뼈대를 가진 덕으로 아무리 어려운 일도 다 이겨 낼 수 있었던 이 늙은 과부는 그레고르에 대해서 아무런 거리낌도 갖고 있지 않았다. 호기심이 있어서가 아니라 그냥 우연히 그레고르의 방문을 열었던 그녀는 해치려는 사람이 아무도 없는데도 뛸 듯이 놀라 이리저리 뛰어다니기 시작하는 그레고르의 모습을 팔짱을 끼고 어리둥절 지켜보고 있었다. 그때부터 그녀는 하루도 빠짐없이 아침저녁으로 잠깐씩 문을 살짝 열고 그레고르를 들여다보았다. 처음에는 그를 자기 쪽으로 부르기도 했다. "이리 와 봐라, 늙은 쇠똥구리야!" 또는 "어디 보자, 늙은 쇠똥구리!” 아마 나름대로는 친절하다고 생각하는 말이었을 것이다. 그런 인사에 대해 그레고르는 아무런 대답도 하지 않고, 문이 열리지 않은 것마냥 아무 움직임 없이 그냥 자기 자리를 묵묵히 지켰다. 쓸데없이 자기 기분대로 그를 방해하는 대신에 매일 그의 방이나 청소하라고 시켰으면 얼마나 좋았을까! 어느 날 이른 아침이었다. 세차게 비가 내려 유리창을 때리고 있었다. 아마 봄이 다가오는 신호였을 것이다. 가정부가 어김없이 그녀의 말투로 부르기 시작했을 때, 그레고르는 물론 느리고 비척거리기는 했지만 마치 공격이라도 하려는 듯 그녀를 향해 돌아섰다. 그러나 가정부는 두려워하는 대신에 문 가까이에 있는 의자를 높이 들어 올렸다. 입을 활짝 벌리고 있는 품이 그 의자로 그레고르의 등을 내려치고 나면 비로소 입을 다물 요량임이 틀림없었다. “왜 더 해 보지, 안 되겠어?” 그레고르가 다시 돌아서자 이렇게 물으면서 의자를 다시 구석에 내려놓았다.

그레고르는 이제 더 이상 아무것도 먹지 않았다. 차려 준 음식 앞을 우연히 지날 때에만 그저 장난으로 한입 베어 물고, 그나마 몇 시간이고 입안에 머금고 있다가는 대부분 다시 뱉어 버렸다. 처음에는 자기가 음식을 먹지 않는 것이 이렇게 방이 더럽게 방치되고 있는 것이 슬퍼서일 거라고 생각했다. 그러나 방의 변화에 대해서 그는 아주 빨리 적응하고 있었다. 어디 다른 곳에 놓아둘 수 없는 물건들을 이 방에 갖다 놓는 것이 당연하게 되어 갔다. 이제 그런 물건들이 적지 않았다. 방 하나를 세 명의 남자에게 세놓았기 때문이었다. 그레고르는 문틈으로 그들 세 남자를 본 적이 있었다. 모두가 수염이 덥수룩했다. 근엄한 그 남자들은 정리 정돈에 관한 한 지나칠 정도로 철저했다. 그것은 자기들 방에만 국한되지 않았다. 일단 그들이 이 집에 세 들었기 때문에 집 안 전체가, 특히 부엌이 잘 정리되어 있어야 했다. 필요 없는 것들이나 지저분한 잡동사니를 보면 그들은 그냥 보아 넘기질 않았다. 또한 집에 들어오면서 자기들이 쓸 집기며 가구를 죄 가지고 왔기 때문에 많은 물건들이 필요 없게 되었다. 팔 수 있는 정도는 아니었지만, 그렇다고 버리기에는 아까운 물건들이었다. 이런 모든 것들이 그레고르의 방으로 들어왔다. 부엌에서 쓰는 재 담는 통과 쓰레기통도 마찬가지였다. 언제나 성질이 매우 급한 가정부는 당장 필요 없는 것들을 그레고르의 방으로 치워 버렸다. 그레고르는 대부분 그런 물건과 그것을 들고 있는 손을 아주 행복하게 바라볼 뿐이었다. 가정부는 시간이 있고 기회가 있으면 그 물건들을 다시 가져가거나 혹은 한꺼번에 모두 다 내다 버릴 생각을 했을지 모른다. 그러나 실제로는 그레고르의 방에 계속 방치되었다. 만약에 그레고르가 그 잡동사니들 사이를 허우적거리고 다니면서 움직여 놓지 않았다면, 그 물건들은 처음 집어 던져 놓은 그 자리에 마냥 그대로 있었을 것이다. 처음에 그레고르가 물건들을 움직인 것은 그럴 수밖에 없었기 때문이었다. 그렇지 않고서는 기어다닐 자리가 없었던 것이다. 그렇게 물건을 움직이고 나면 죽을 만치 힘들고 슬퍼서, 몇 시간 동안 꼼짝도 못하고 있어야 했다. 그래도 나중에는 점점 재미가 커져 갔다.

방을 세 든 남자들은 때때로 저녁 식사를 집에서 했다. 그들은 식구들과 공동으로 사용하는 거실에서 식사를 했기 때문에 대개 저녁이 되면 거실로 나가는 문이 닫혀 있었다. 그러나 그레고르는 문을 열어 놓지 않는다고 해서 크게 신경 쓰지 않았다. 벌써 전부터 저녁에 문이 열려 있어도 그레고르는 그 기회를 이용하지 않고, 가족들 모르게 방 안에서 가장 어두운 구석에 웅크려 있곤 했다. 그런데 어느 날 가정부는 거실로 나가는 문을 살짝 열어 놓았다. 그리고 저녁이 되어 세 든 남자들이 들어와서 불을 켤 때까지 문은 그대로 열려 있었다. 남자들은 탁자 위쪽에 앉았다. 예전에는 아버지, 어머니 그리고 그레고르가 앉던 자리였다. 냅킨을 펼치고 나이프와 포크를 집어 들었다. 곧바로 어머니가 부엌에서 고기가 들어 있는 접시를 가지고 나왔고, 바로 그 뒤를 이어 누이동생이 감자를 잔뜩 담은 접시를 내왔다. 그 음식은 강한 냄새를 뿜어냈다. 남자들은 음식을 검사해 보려는 듯 그들 앞에 놓인 접시들 위로 몸을 굽혔다. 그러곤 다른 두 남자로부터 전권을 위임받은 듯 가운데 앉은 남자가 접시 위의 고기를 한 점 잘랐다. 충분히 잘 익었는지, 아니면 다시 부엌으로 돌려보내야 할지 살펴보려는 것임이 틀림없었다. 남자들은 만족했다. 그러자 긴장해서 바라보고 있던 어머니와 누이동생은 안도의 한숨을 내쉬며 웃기 시작했다.

　가족들은 부엌에서 식사를 했다. 그럼에도 아버지는 부엌으로 가기 전에 거실로 들어와 손에 모자를 들고 탁자 주위를 한 바퀴 빙 돌면서 가볍게 인사를 했다. 남자들은 모두 일어서서 덥수룩한 수염 속에서 무슨 말인지 중얼거렸다. 그리고 나서 다시 그들만 남겨지면 그들은 완전한 침묵 속에서 식사를 했다. 이상스럽게 그들이 식사하면서 내는 여러 가지 소리들 중에서도 계속해서 음식을 씹는 이빨 소리가 유난히 크게 들려왔다. 식사를 하려면 이빨이 필요하다는 것을 그리고 아무리 턱이 멋지다고 해도 이빨 없이는 제 역할을 할 수 없다는 것을 그레고르에게 보여 주려는 듯했다.

　“나도 식욕이 이는군.”

그레고르가 걱정스럽게 혼잣말을 했다.

"그렇지만 이런 방법으로는 아냐. 저 남자들이 먹는 것처럼 먹을 수 있다면, 그러면 죽어도 좋겠어!"

바로 이날 저녁 부엌에서 바이올린 소리가 들려왔다. 그러고 보니 한동안 바이올린 소리를 들어 본 기억이 전혀 없었다. 남자들은 막 저녁 식사를 끝냈다. 가운데 앉은 남자가 신문을 꺼내더니 다른 두 남자에게 한 장씩을 나눠 주었다. 그리고 이제 뒤로 기대어 신문을 읽고, 담배를 피워 댔다. 바이올린 연주가 시작되자 남자들은 그 소리를 듣고 자리에서 일어나 살금살금 현관문으로 몰려가서는 가만히 귀를 기울이고 서 있었다. 바이올린 소리는 부엌에서 들려온 것임에 분명했다. 아버지가 이렇게 소리쳤기 때문이다.

"신사분들이 너의 연주를 듣기 싫어하지 않을까? 당장 그만두어야 할 수도 있어."

"정반대입니다."

가운데 앉아 있던 남자가 말했다.

"여기 거실에서 연주하면 안 될까요? 아무래도 훨씬 편안하고 상쾌하니까."

"아, 그럼요."

아버지는 마치 자기가 바이올린 연주를 할 것처럼 크게 소리쳤다. 남자들은 거실로 돌아와 기다렸다. 금방 아버지가 보면대를 들고 왔다. 어머니는 악보를, 그리고 누이동생은 바이올린을 들고 왔다. 누이동생은 아주 차분하게 연주를 준비했다. 한 번도 방을 세놓은 적이 없었고, 그래서 세 든 남자들에게 지나칠 정도로 예의를 갖추는 부모는 감히 자기들의 안락의자에 앉을 생각을 하지 못했다. 아버지는 문에 기대서서 오른손을 입고 있는 제복 윗도리의 단추 사이에 꽂고 있었다. 한 남자가 어머니에게 의자를 양보했다. 그 신사가 우연히 세워 놓았던 그 자리에 그대로 앉았기 때문에 어머니는 한구석에 떨어져 앉게 되었다.

누이동생은 바이올린을 연주하기 시작했다. 아버지와 어머니는 각자의 자리에서 딸의 손이 움직이는 모습을 주의 깊게 바라보았다. 그레고르는 연주에 이끌려 조금 앞으로 나아갔다. 벌써 머리가 거실로 나가 있었다. 최근 들어 자기가 다른 사람들을 거의 고려하지 않는다는 것이 그리 놀랍지 않았다. 전에는 다른 사람들을 배려하는 것을 자랑스럽게 여겼다. 그렇지만 지금은 그가 자신을 숨겨야 할 이유가 더욱 많았다. 방 안 어디나 잔뜩 쌓여 있어서 조금만 움직여도 풀풀 솟아오르는 먼지로 인해 그 자신도 허옇게 먼지를 뒤집어쓰고 있었기 때문이다. 실오라기, 머리카락, 음식 찌꺼기들이 등과 옆구리에 붙어 끌려다니고 있었다. 그러나 무엇이든 될 대로 되라는 식의 냉담한 태도는 이제 너무나 심해져 있었다. 그래서 예전에는 하루에도 몇 번씩 그랬지만 이제는 등을 대고 누워 양탄자에 비벼 대는 일조차 하지 않았다. 그리고 이런 더러운 모습으로 먼지 한 점 없는 거실 바닥으로 기어 나가면서도 조금도 부끄럽지 않았다.

물론 아무도 그에게 관심을 기울이지 않았다. 가족들은 완전히 바이올린 연주에 빠져 있었다. 그러나 남자들은 그렇지 않았다. 처음에는 모두가 바지 주머니에 손을 꽂은 채 악보를 들여다보려고 누이동생의 보면대 뒤로 너무나 가까이 다가가 서 있었다. 분명히 누이동생에게 방해가 되었을 것이다. 그러더니 금세 머리를 숙이고 크지 않은 목소리로 대화를 나누면서 창가로 물러섰다. 아버지는 거기에 계속 있는 그들을 걱정스러운 눈길로 바라보았다. 이제 그들은 동생의 연주에 대한 실망감을 너무나 분명하게 드러내고 있었다. 아름다운 혹은 흥겨운 바이올린 연주를 들을 수 있으리라 예상했는데 연주가 기대와는 달랐고, 이제 충분히 들어서 질렸지만, 그저 예의상 그들의 편안한 휴식을 방해하도록 내버려두고 있다는 듯한 모습이었다. 특히 그들 모두 코와 입으로 담배 연기를 공중으로 높이 뿜어 대는 모습은 그들이 몹시 초조하고 짜증 나 있음을 적나라하게 드러내고 있었다. 그런데도 누이 동생은 몹시도 아름답게 연주했다. 옆으로 기울인 얼굴에서 악보를 한 줄 한 줄 꼼꼼히 바라보는 시선은 슬픔에 젖어 있었다. 그레고르는 조금 더 앞으로 기어갔다. 그리고 누이동생의 시선과 마주칠 수 있을까 해서 머리를 바닥에 바싹 붙였다. 이렇게 음악에 감동하는 그가 과연 동물일까? 그가 그토록 갈구했던 알 수 없는 음식을 향해 이어진 길이 그의 앞에 나타난 듯했다. 그는 이제 누이동생한테까지 달려가기로 작정했다. 그리고 동생의 치맛자락을 잡아당겨 바이올린을 가지고 그의 방으로 와 주었으면 좋겠다는 뜻을 전하고 싶었다. 자기가 칭찬해 주고 싶은 만큼 동생의 연주를 알아주는 사람은 여기 거실에 한 사람도 없었다. 이제 더 이상 누이동생을 그의 방에서 내보내고 싶지 않았다. 최소한 그가 살아 있는 동안에는 그러고 싶지 않았다. 그의 흉측한 모습은 처음으로 유용하게 쓰일 것이다. 모든 방문 앞을 한꺼번에 다 지키면서 공격해 오는 자가 있으면 거친 소리로 위협하며 맞설 것이다. 그러나 누이동생을 강요해서는 안 된다. 동생이 원해서 그의 곁에 머물러야 한다. 그의 곁에서 소파에 앉아 그의 말에 귀를 기울여야 한다. 그는 누이동생에게 알려 주고 싶었다. 그녀를 음악 학교에 보내겠다는 확고한 계획이 있었다는 사실을. 그리고 만일 그사이 이런 불행이 찾아오지 않았다면, 지난 크리스마스 —크리스마스가 벌써 지나갔던가?— 바로 그날에 누가 어떤 말로 반대한다고 해도 아무 상관하지 않고 모두에게 그의 계획을 말했을 것이라는 사실도. 이렇게 말해 주고 나면 누이동생은 감동해서 눈물을 터뜨릴 것이다. 그러면 그레고르는 동생의 어깨까지 몸을 일으켜 목에 키스해 줄 것이다. 가게에 일하러 나가면서부터 동생은 리본이나 목깃을 달지 않고 목을 드러내고 있는 것이다.

"잠자 씨!" 가운데 남자가 아버지를 부르면서 더는 한마디 말도 없이 검지를 치켜들고 서서히 앞으로 움직이고 있는 그레고르를 가리켰다. 바이올린 소리가 그쳤다. 가운데 남자는 우선 머리를 저으며 자기 친구들을 향해 미소를 지어 보이고는 다시 그레고르를 보았다. 아버지는 그레고르를 몰아넣기보다는 우선 세 든 남자들을 안심시키는 것이 더 중요하다고 생각한 것 같았다. 그러나 그들 세 남자는 전혀 흥분하지 않고 있었다. 오히려 그레고르를 바이올린 연주보다 더 즐겁게 여기는 듯했다. 그럼에도 아버지는 황급히 남자들에게 다가가 팔을 넓게 벌려 그들을 방으로 가도록 만드는 동시에, 그의 몸으로 그레고르의 모습을 가려 보려고 했다. 이제 남자들은 실제로 약간 화를 냈다. 그들이 화를 내는 것이 아버지의 행동 때문이었는지, 아니면 알지도 못하는 사이에 옆방에 그레고르와 같은 이웃이 있었다는 것을 이제야 알았기 때문인지는 누구도 알 수 없었다. 그들은 아버지에게 해명을 요구했다. 그렇지만 팔을 치켜들고 불안하게 수염을 잡아당기면서도 아주 천천히 그들의 방으로 물러섰다. 그사이에 누이동생은 갑자기 연주가 중단되어 잠시 넋이 빠진 듯했다. 한동안 힘이 빠진 손에 바이올린과 활을 쥐고 마치 계속 연주를 할 것처럼 계속 악보를 들여다보았다. 그러다 갑자기 번뜩 정신을 차리더니 호흡 곤란으로 격렬하게 두근대는 가슴을 안고 안락의자에 앉아 있는 엄마의 무릎에 악기를 내려놓고는 남자들이 살고 있는 옆방으로 달려갔다. 아버지에게 쫓겨서 세 든 남자들은 처음보다 더 빨리 방으로 가고 있었다. 누이동생은 능숙한 손길로 침대 위의 이불과 베개를 털어 올렸다가 깔끔하게 정리했다. 그리고 남자들이 아직 채 방에 다다르기 전에 침대 정리를 끝내고 방에서 빠져나왔다. 아버지는 또다시 자기 고집에 빠져서 언제나 세 든 남자들에게 바쳐 왔던 모든 존경심을 깡그리 잊을 정도였다. 아버지는 남자들을 계속해서 몰아붙였다. 그러다 결국 가운데 남자가 방문을 통과하면서 천둥이 치듯 크게 발을 굴러 아버지의 그 같은 행동을 멈추게 만들었다.

“이로써 나는.”

그 남자가 손을 들어 올리고 시선으로는 어머니와 누이동생을 찾으면서 말했다.

“이 집과 가족들을 지배하고 있는 역겨운 상태를 고려하여.”

여기에서 그는 짧고 단호하게 바닥에 침을 뱉었다.

“지금 당장 방을 해약합니다. 물론 내가 여기 살았던 기간에 대해서도 단 한 푼도 지불하지 않을 겁니다. 아니 정반대로, 내가 어떤 요구들, 분명히 아주 쉽게 이유를 댈 수 있는 요구들을 내세워서 당신을 고소할지 곰곰이 생각해 봐야겠어요.”

그 남자는 말을 멈추고 무언가를 기다리는 모양으로 앞을 똑바로 바라봤다. 과연 곧바로 그의 두 친구가 말하기 시작했다.

“우리도 당장 해약하겠어요.”

말이 끝남과 동시에 그 남자는 문손잡이를 잡고 꽝 하는 소리가 나도록 세게 문을 닫았다.

아버지는 더듬더듬 그의 안락의자를 향해 비틀거리며 걸어가서는 풀썩 주저앉았다. 언뜻 보면 보통날 저녁 토막잠을 자느라 길게 누워 있는 듯했다. 그러나 쉴 새 없이 머리를 세차게 흔들어 대는 모습이 절대 잠자고 있지 않다는 것을 보여 주고 있었다. 그레고르는 세 든 남자들이 그를 발견한 때부터 내내 그 자리에 가만히 멈춰서 움직이지 않았다. 그의 계획이 실패로 돌아가서 크게 실망했기 때문이었다. 어쩌면 너무 오래 굶어서 허약해진 탓에 움직이지 못하는 것인지 모른다. 그레고르는 가족들 모두의 좌절감이 두려웠다. 몰락의 모든 책임이 바로 다음 순간 그에게 전가될 것임이 틀림없었다. 그리고 그레고르는 가만히 기다렸다. 어머니의 손가락이 떨리면서 무릎에서 떨어진 바이올린이 챙하고 크게 울렸지만 그레고르는 조금도 놀라지 않았다.

"엄마, 아빠."

누이동생이 손으로 탁자를 치면서 말을 꺼냈다.

"더 이상은 안 되겠어요. 엄마, 아빠는 잘 모르실 수도 있겠지만, 저는 분명히 알고 있어요. 저는 이 끔찍한 벌레 앞에서 오빠의 이름을 부르고 싶지 않아요. 그러니 이제 솔직하게 말하겠어요. 저것을 내다 버려야 해요. 우리는 저것을 돌보고 참아 내면서 사람이 할 수 있는 일은 다 했어요. 세상 그 누구도 절대 우리를 비난할 수 없을 거예요."

"저 애 말이 백번 옳아."

아버지가 혼잣말하듯 중얼거렸다. 여전히 숨을 잘 쉬지 못하는 어머니는 넋이 나간 눈빛을 하고 입을 가린 손에 숨이 턱턱 막히는 답답한 기침을 하기 시작했다.

누이동생은 급히 어머니에게 다가가 이마를 짚어 보았다. 아버지는 누이동생의 말을 듣고 생각을 굳혀 가는 듯 보였다. 똑바로 일어나 앉았다. 세 든 남자들이 저녁 식사를 하고 난 후 아직도 탁자 위에 놓여 있는 접시들 사이에서 그의 급사 모자를 만지작거리면서 가끔 움직이지 않고 있는 그레고르를 바라보았다.

"우리는 저것을 없애 버려야만 해요."

누이동생은 이제 아버지를 향해서만 말했다. 어머니는 기침이 너무 심해 아무 말도 듣지 못하기 때문이었다.

"저것이 엄마, 아빠를 다 죽일 거예요. 난 분명히 알아요. 우리처럼 그렇게 힘들게 일해야 하는 사람들은 집에 이런 끝없는 골칫거리가 있는 것을 견딜 수 없어요. 저도 더 이상 견딜 수 없어요."

그러고서 누이동생은 너무도 격렬하게 울음을 터뜨려, 그녀의 눈물이 어머니의 얼굴에 흘러내렸다. 누이동생은 기계적인 손동작으로 어머니의 얼굴에서 눈물을 닦아 냈다.

"얘야."

아버지가 이해심이 넘치는 다정한 목소리로 말했다.

"그럼 우리가 어떻게 해야겠니?"

누이동생은 그저 어깨를 움찔할 뿐이었다. 어찌할 바 모르겠다는 표시였다. 울고 있는 동안 그녀는 방금 전까지 가지고 있던 확신과는 반대로 막막한 상태가 되어 있었다.

"저 애가 우리 마음을 이해할 수 있다면."

아버지가 반쯤 묻는 듯 말했다. 누이동생은 울면서도 세차게 손을 내저었다. 생각조차 할 수 없는 일이라는 표시였다.

"저 애가 우리 마음을 이해할 수 있다면."

아버지가 다시 한번 같은 말을 반복했다. 그리고 눈을 감는 것으로 그런 일이 불가능하다는 누이동생의 확신을 그대로 받아들였다.

"그러면 어떻게 저 애와 협상을 해 볼 수도 있을 텐데. 그러나 그럴 수가 없으니……."

"없애 버려야 해요."

누이동생이 소리쳤다.

"그게 유일한 방법이에요, 아빠. 저것이 그레고르라는 생각은 확 지워 버려야 해요. 우리가 그렇게 믿고 있는 한 우리는 계속 불행해질 거예요. 그리고 어떻게 저것이 오빠일 수가 있겠어요? 저게 오빠라면 벌써 오래전에 사람이 그런 동물과 함께 살 수 없다는 것을 알았을 거예요. 그리고 스스로 알아서 멀리 떠나 버렸을 것이고요. 그러면 오빠는 없더라도 우리는 계속 생활해 나갈 수 있고, 그러면서 그의 기억을 아름다운 추억으로 간직할 수 있었을 거예요. 그런데 이 동물은 우리를 못살게 하고, 세 든 사람들을 내쫓았어요. 분명히 이 집을 독차지하려는 속셈이에요. 우리는 거리에서 밤을 보내야 할 거라고요. 보세요, 아빠."

동생이 갑자기 소리를 질러 댔다.

"저것이 벌써 다시 시작했어요!"

그리고 그레고르로서는 도저히 이해할 수 없는 공포 속에서 누이동생은 어머니까지 내버려두고, 아니 확실하게 어머니가 누워 있는 안락의자를 밀쳐 내면서 아버지 뒤로 달려갔다. 그레고르 가까이 있기보다는 차라리 어머니를 희생시키겠다는 듯 보였다. 아버지도 순전히 누이동생의 호들갑에 흥분해서 자리에서 일어섰다. 그리고 누이동생을 보호하겠다는 모양으로 동생 앞에 서서 팔을 반쯤 쳐들고 있었다.

그러나 그레고르는 누이동생이나 또 다른 누구에게 겁을 주려는 생각이 눈곱만치도 없었다. 그저 자기 방으로 돌아가려고 몸을 돌리기 시작했을 뿐이다. 물론 그 동작은 두드러지게 눈에 띄기는 했을 것이다. 몸이 많이 아픈 상태라 크게 회전하기 위해서는 머리를 이용해야 했기 때문이다. 그는 몸을 돌리기 위해 여러 번 머리를 들어 올렸다가 바닥을 내리쳤다. 그는 잠시 동작을 멈췄다. 그리고 주위를 빙 둘러보았다. 그의 선한 의도를 알아주고 있는 듯했다. 그저 잠깐 놀랐을 뿐이었다. 이제 모두가 말없이 그리고 슬픈 얼굴로 그를 바라보았다. 다리를 한데 모아 쭉 뻗고 안락의자에 누워 있는 어머니는 너무나 지쳐서 거의 눈을 감고 있었다. 아버지와 누이동생은 나란히 앉아 있었다. 누이동생은 한 손으로 아버지의 목에 매달려 있었다.

"이제 다시 돌아도 되겠구나."

그레고르는 이렇게 생각하면서 다시 몸을 돌리기 시작했다. 너무 힘이 들어서 헐떡이는 소리가 나오는 것을 참을 수 없었다. 또한 가끔 쉬기도 해야 했다. 그렇지만 아무도 그를 몰아대지 않았다. 모든 일을 그 스스로 하도록 내버려두었다. 몸을 완전히 다 돌렸을 때 그는 즉시 방을 향해 똑바로 기어가기 시작했다. 방까지의 거리가 너무 멀어서 깜짝 놀랐다. 어떻게 이렇게 약한 상태로 그렇게 먼 길인지 거의 느끼지도 못하고 금방 기어 나올 수 있었는지 이해할 수가 없었다. 계속 빨리 기어가는 것만 생각하느라 그레고르는 가족들이 말을 하거나 소리를 지르면서 그를 방해하는 일이 없다는 사실에 거의 신경을 쓰지 못했다. 그레고르는 문에 다 가서야 머리를 돌려 보았다. 완전히 돌릴 수가 없었다. 목이 뻣뻣하게 느껴졌기 때문이다. 여전히 그의 뒤쪽에서는 변한 것이 하나도 없었다. 다만 누이동생이 일어나 있을 뿐이었다. 그의 마지막 시선은 이제 완전히 잠이 든 어머니를 스쳤다.

그레고르가 방 안으로 들어가자마자 서둘러 문이 닫히고 단단하게 자물쇠를 채워 완전히 방을 폐쇄해 버렸다. 뒤에서 갑작스럽게 울린 소리에 그레고르는 작은 다리들이 꺾일 정도로 크게 놀랐다. 그렇게 서둘러 문을 닫은 사람은 누이동생이었다. 저 뒤에 똑바로 서서 기다리고 있다가 재빨리 앞으로 달려왔던 것이다. 그레고르는 누이동생이 다가오는 소리를 전혀 듣지 못했다. 그리고 동생은 열쇠로 문을 잠그면서 "드디어 끝이에요!" 하고 부모를 향해 외쳤다.

"그러면 이제는?"

그레고르는 자기 자신에게 이렇게 물으며 어둠 속을 둘러보았다. 얼마 지나지 않아 그는 이제 자신이 전혀 움직일 수 없다는 사실을 발견했다. 그는 전혀 놀라지 않았다. 오히려 이제까지 이렇게 가는 다리들로 움직일 수 있었다는 것이 이상스럽게 여겨졌다. 이제 상당히 편안한 기분이 들기까지 했다. 온몸이 고통스럽기는 했지만, 그 고통은 점점 약해지고 또 약해지다가 결국엔 완전히 사라질 것 같았다. 등 안에서

썩어 버린 사과와 희뿌연 먼지로 뒤덮인 그 주위의 염증은 이제 거의 느껴지지도 않았다. 그는 감동과 사랑으로 가족들과의 추억을 더듬었다. 그가 사라져야 한다는 생각은 누이동생보다 그레고르 자신에게 더욱 절실했을 것이다. 그레고르는 이런 상태로 허전하고 평화롭게 상념을 정리하고 있었다. 시계탑이 새벽 세 시를 칠 때까지. 창밖이 찬찬히 밝아 오기 시작하는 것을 다시 한번 체험할 수 있었다. 그러고서 그의 머리가 그의 의지와는 상관없이 풀썩 바닥으로 떨어졌다. 그의 콧구멍에서 마지막 숨이 약하게 새어 나왔다.

이른 아침 가정부가 왔다. 벌써 여러 번 그렇게 하지 말아 달라고 가족들이 부탁했음에도 집 안의 문을 하나 빼놓지 않고 서둘러서 힘껏 닫고 다녔다. 그녀가 오고 나면 온 집 안에서 더 이상 편안하게 잠을 잘 수 없을 지경이었다. 평소대로 그레고르의 방을 들여다보았을 때 처음에는 아무런 특별한 점도 발견하지 못했다. 그녀는 그레고르가 일부러 그렇게 꼼짝도 하지 않고 웅크리고 있으면서 모욕을 당해 화가 난 흉내를 내고 있다고 생각했다. 가정부는 그레고르가 상당한 이성이 있다고 믿었다. 우연히 긴 빗자루를 손에 들고 있었기 때문에, 그것으로 문 앞에서 그레고르를 간질이려고 했다. 그런데도 아무런 반응이 없자 짜증이 난 그녀는 빗자루로 그레고르를 조금 찔러 보았다. 그레고르가 아무런 저항 없이 저리로 밀려갔다. 그제야 비로소 가정부는 무슨 일인가 벌어졌음을 알았다. 이내 실제 상황을 알게 된 가정부는 눈을 크게 뜨고, 휘파람을 획 불었다. 그러나 오래도록 가만히 서 있지는 않았다. 잠자 부부의 침실 문을 활짝 열고 커다란 목소리로 어둠 속을 향해 소리쳤다.

"자 한번 봐요. 그것이 뒈졌어. 저기 자빠져서 완전히 꼴깍 뒈졌다고요!"

잠자 부부는 침대에서 벌떡 일어나 앉아 가정부가 무슨 소리를 했는지 이해하는 것보다 우선 그녀 때문에 놀란 가슴을 진정시켜야 했다. 그러나 잠시 후 잠자 부부는 각각 자기가 누웠던 쪽으로 후다닥 침대를 뛰쳐나왔다. 잠자 씨는 어깨 위에 담요를 뒤집어쓰고, 잠자 부인은 잠옷 바람으로 방을 나와서 그레고르의 방으로 들어갔다. 그사이에 거실의 문도 열려 있었다. 남자들에게 방을 세주고부터 그레테는 거실에서 잠을 잤다. 그레테는 완전히 옷을 차려입고 있었다. 한숨도 못 잔 듯했다. 창백한 얼굴이 그런 사실을 더욱 분명하게 보여 주었다.

"죽었어요?"

모든 것을 직접 확인할 수도 있고, 심지어는 확인하지 않고도 바로 알 수 있었다. 그럼에도 잠자 부인은 이렇게 말하면서 묻듯이 가정부를 바라보았다.

"내가 보기엔 그렇다니까요."

가정부는 이렇게 대답하면서, 증거를 보여 주듯이 그레고르의 시체를 빗자루로 옆으로 저만치 멀리 밀었다. 잠자 부인은 빗자루로 밀치지 못하게 하려는 듯했지만, 실제로 그러지는 않았다.

"이제."

잠자 씨가 말했다.

"이제 우리는 신께 감사할 수 있겠구나."

그는 성호를 그었다. 그러자 여자 세 명도 그를 따라 성호를 그었다. 시체에서 눈을 떼지 못하던 그레테가 말했다.

"보세요. 얼마나 말랐는지. 그래요, 벌써 오랫동안 아무것도 먹지를 않았어요. 음식을 넣어 줬지만 그대로 입 한 번 대지 않고 다시 나왔어요."

실제로 그레고르의 몸뚱이는 완전히 납작하고 바싹 말라 있었다. 이제야 그가 그렇게 야위었다는 걸 알아챘다. 이제는 작은 다리로 몸을 받치고 있지도 않고, 시선을 끌 만한 다른 어떤 것도 없었기 때문이다.

"이리 와라, 그레테. 잠깐 우리 방으로 가자."

잠자 부인이 애처로운 미소를 지으며 말했다. 그러자 그레 테는 시체를 다시 한번 돌아보지도 않고 부모의 뒤를 따라 침실로 들어갔다. 가정부는 문을 닫고 창문을 활짝 열었다. 이른 아침이었지만 방 안을 가득 채우는 신선한 공기는 이미 약간의 따스함을 품고 있었다. 어느새 벌써 삼월 말이었다.

세 명의 세 든 남자들이 그들의 방에서 나와 아침 식사를 찾아 두리번거렸다. 그들의 존재는 잊혀 있었다.

"아침 식사는 어디 있어요?"

가운데 남자가 가정부에게 언짢은 표정으로 물었다. 그러 나 가정부는 아무 말 없이 손가락을 입에 갖다 대고는 남자 들에게 재촉하듯 눈짓을 했다. 그레고르의 방으로 가 보라는 뜻이었다. 그들은 방으로 가더니 약간 닳아서 해진 윗저고리 주머니에 손을 넣고 이제 완전히 밝아진 방 안에서 그레고르 의 시체 주위에 둘러서 있었다.

그때 침실 문이 열렸다. 그리고 잠자 씨가 그의 제복을 입 고 한쪽 팔에는 부인을, 다른 쪽 팔에는 딸을 데리고 나타났 다. 모두가 울었던 모양이었다. 그레테는 가끔 아버지의 팔에 얼굴을 파묻었다.

"즉시 내 집을 떠나시오!"

잠자 씨는 이렇게 말하며 문을 가리켰다. 그렇게 말하면서도 두 여자를 놓지 않았다.

"무슨 말을 하는 거예요?"

가운데 남자가 조금 당황하여 부자연스러운 웃음을 지었다. 다른 두 남자는 뒷짐을 지고 계속해서 손을 비비고 있었다. 결국엔 자기들에게 유리하게 진행될 커다란 싸움이 벌어지기를 즐겁게 기다리고 있는 것처럼 보였다.

"내가 말한 그대로요."

잠자 씨가 대답했다. 그러곤 두 여자와 함께 한 줄로 그 남자 앞으로 다가갔다. 남자는 처음에는 가만히 서 있다가, 그의 머릿속에 있는 것들을 새로운 순서에 따라 정리하려는 것처럼 바닥을 바라보았다.

"그럼 우리가 나가지요."

남자는 이렇게 말하며 잠자 씨의 눈치를 보았다. 갑자기 완전히 용기를 잃게 된 상황에서 심지어 나가겠다는 결정에 대해서조차 새로운 승인을 요구하고 있는 듯했다. 잠자 씨는 눈을 크게 부릅뜨고 그저 몇 차례 잠깐 고개를 끄덕여 줬을 뿐이다. 그러자 진짜로 남자는 곧바로 성큼성큼 현관으로 걸어갔다. 그의 두 친구는 한동안 손을 차분하게 놓아두고 가만히 듣고 있다가 서둘러 친구의 뒤를 쫓아 달려갔다. 잠자 씨가 먼저 현관으로 들어가 그들의 대표 격인 남자와 그들이 만나는 것을 방해할까 겁이 난 것 같았다. 현관에서 그들 세 사람은 옷걸이에서 모자를 집어 들고, 지팡이를 세워 놓는 통에서 지팡이를 꺼내 들었다. 그러고는 말없이 고개 숙여 인사를 하고 집 밖으로 나갔다. 잠자 씨에게 공연한 의심이 일었다. 금세 밝혀졌듯이 아무런 이유도 없는 의심이었다. 그렇지만 잠자 씨는 부인과 딸을 데리고 문밖까지 나갔다. 난간에 기대고 서서 세 남자가 서서히, 하지만 쉬지 않고 긴 계단을 내려가는 모습을 바라보았다. 계단실의 층마다 한쪽 굽이에서는 사라졌다가 잠시 후에는 다시 나타났다. 그들이 점점 아래로 멀어질수록 그들에 대한 잠자 씨 가족의 관심도 사그라졌다. 머리에 들통을 이고 있는 한 푸줏간 조수가 내려가는 남자들과 마주치고, 다시 그들을 지나서 뽐내듯 활기차게 올라올 때, 잠자 씨는 가족들과 함께 난간을 떠났고, 모두 다 가벼워진 마음으로 집 안으로 돌아왔다.

그들은 오늘 하루 휴식을 즐기고 산책을 하며 지내기로 결정했다. 이렇게 일을 쉴 자격이 있었을 뿐 아니라, 꼭 쉬어야 할 필요가 있었다. 그래서 그들은 탁자 앞에 앉아 잠자 씨는 지배인에게, 잠자 부인은 삯바느질을 맡기는 회사에, 그리고 그레테는 상점 사장에게 각각 결근계를 썼다. 결근계를 쓰는 동안 가정부가 들어왔다. 아침 일을 다 끝냈기 때문에 가야겠다고 말하려는 것이다. 그들 세 사람은 쳐다보지도 않고 그 저 고개를 끄덕였다. 그런데 가정부가 계속해서 자리를 뜨려 고 하지 않자 비로소 짜증스럽게 그녀를 올려다보았다.

"그런데?"

잠자 씨가 물었다. 가정부는 문에 기대서서 웃고 있었다. 마치 이 가족에게 전할 아주 커다란 행운을 지니고 있지만 자꾸 묻고 또 물어야지만 전해 주겠다는 표정이었다. 가정 부의 모자에는 작은 타조 깃털이 하나 똑바로 꽂혀 있었다. 그녀가 일하는 동안 내내 잠자 씨는 그 깃털이 상당히 거슬 렸었다. 지금 그 깃털이 사방으로 가볍게 흔들리고 있었다.

"또 무슨 할 말이 있나요?"

잠자 부인이 물었다. 가정부는 이 집에서 잠자 부인을 가 장 존경했다.

"네."

가정부가 대답했다. 그러고는 즐겁게 웃느라 바로 말을 잇 지 못했다.

"옆방의 그 물건을 어떻게 치워야 할지 이제 걱정 안 하서 도 돼요. 벌써 다 해결했어요." 잠자 부인과 그레테는 계속 결 근계를 쓰려는 듯이 편지지 위로 몸을 숙였다. 가정부가 모 든 내용을 상세하게 설명하기 시작하려는 것을 눈치챈 잠자 씨는 손을 내밀어 차갑게 그녀의 말을 막았다. 말을 할 수 없게 되자 그녀는 해야 할 급한 일이 생각났다.

"다들 잘 있어요."

기분이 상한 표정으로 이렇게 소리치고는 사납게 돌아서서 방문이 부서져라 쾅 닫고는 집을 나섰다.

"저녁에 해고해 버려야겠어."

잠자 씨가 말했다. 그러나 부인과 딸 모두 아무 응답도 하지 않았다. 가정부가 간신히 회복한 마음의 안정을 다시 어지럽혀 놓은 것 같았다. 그들은 일어서서 창가로 가더니 서로 부둥켜안고는 그대로 멈춰 있었다. 잠자 씨는 안락의자에서 그들을 향해 몸을 돌려 한참을 조용히 바라보았다. 그러다가 그가 말했다.

"자, 그만 이리들 와. 지난 일은 이제 그만 잊어버려. 내게도 좀 관심을 가져 주라고."

아내와 딸은 곧 그에게로 달려가 꼭 껴안고는 금방 결근계를 완성했다.

그러고 나서 세 사람은 함께 집을 나섰다. 벌써 몇 달 동안 하지 못했던 일이었다. 그리고 전차를 타고 교회로 나갔다. 그들만 앉아 있는 전차에는 따스한 햇빛이 가득 빛나고 있었다. 등받이에 편안히 기대고서 그들은 장래의 전망에 대해 이야기를 나눴다. 그러면서 자세히 들여다보니 앞으로의 전망이 그리 나쁘지만은 않다는 것을 알게 되었다. 이제까지 그들은 서로의 직업에 대해 물어본 적이 없었지만 막상 이야기를 나눠 보니 세 사람의 직업이 모두 생각보다 훨씬 괜찮은 데다, 특히 나중에는 더욱 좋아질 것으로 기대되었던 것이다. 물론 이사를 한다면 집안 형편이 당장 눈에 띄게 나아질 것이다. 그들은 이제 그레고르가 골랐던 지금의 집보다 더 작고 값이 싸지만, 더 나은 위치에다 무엇보다 실용적인 집에서 살고 싶었다. 그렇게 대화를 즐기는 동안 점점 더 생동감이 넘치고 활기를 띠어 가는 딸의 모습을 보면서 잠자 부부는 거의 동시에 한 가지 생각을 떠올렸다. 최근에 뺨이 창백해질 정도로 온갖 고생을 했음에도 불구하고 딸이 아름답고 풍만한 처녀로 피어나고 있다는 것이었다. 점점 더 말이 없이 거의 무심코 주고받는 시선만으로 그들 부부는 이제 딸을 위해 훌륭한 신랑감을 찾아봐야 할 때가 되었다는 생각을 나누고 있었다. 목적지에 이르렀을 때 딸은 가장 먼저 일어서서 젊고 싱싱한 몸을 길게 폈다. 그런 딸의 모습은 그들 부부가 꾸는 새로운 꿈과 좋은 계획들이 옳다는 징표처럼 보였다.

카프카에 대하여

카프카에 대하여

✢

유대계 독일 작가로 프라하에서 부유한 유대 상인의 아들로 태어났다. 프라하 대학에서 법학을 공부하여 법학박사 학위를 취득하였고 1908년 이후 노동재해보험국에 근무하였다. 그 뒤 1922년 결핵으로 직장을 그만두었고, 1924년 빈 근교 요양소에서 41세의 나이로 생을 마감했다.

생애 대부분을 프라하에서 독신인 채로 보냈는데, 이곳에서의 사회적, 개인적 생활 체험들은 작품에 큰 영향을 미쳤다. 특히 두려움과 존경의 대상이었던 아버지와의 불편한 관계는 소외와 이중 의식이라는 카프카 작품 주제의 뿌리가 되었다.

카프카는 실존주의 문학의 선구자로 평가받는다. 그의 문학은 인간 운명의 부조리성, 인간 존재의 불안을 날카롭게 통찰하여, 현대 인간의 실존적 체험을 극한에 이르기까지 표현한다. 나아가 그가 그려 내는 인간의 극한적인 실존 위기

속에서는 시대의 몰락과 부활, 그리고 전통적 인간의 위기와 새로운 인간을 향한 동경이 드러난다.

　장편으로는 『심판』(1925), 『성』(1926), 『아메리카』(1927) 등이 있고, 단편으로는 「관찰」(1913), 「선고」(1913), 「화부」(1913), 「변신」(1915), 「시골 의사」(1919), 「굶주린 예술가」(1924) 등이 있다.

작품 줄거리 및 해설

작품 줄거리 및 해설

✝

카프카는 여기 소개한 세 작품을 한 권으로 묶어서 『아들』
이라는 제목으로 출간하려고 계획했지만 결국 실행되지는 못
했다. 그런데 카프카는 왜 계획했던 단편집의 제목을 '아들'
이라고 했을까? 그 질문에 답하는 것은 어렵지 않다. 실제로
각 작품에서 줄거리를 이끌어 가고 주제를 완성하는 것이 모
두 아들이기 때문이다. 결국 아들의 역할과 의미를 찾아내는
것은 이 세 작품의 이해를 위해 무엇보다 중요하다고 할 수
있다. 과연 그들 세 아들은 어떤 모습일까? 그들은 서로 어떤
연관 관계, 어떤 흐름이 있을까? 아들의 모습을 통해서 카프
카가 말하고자 했던 바는 무엇이고, 아들은 시대의 어떤 단
면을 반영하고 있을까? 이런 의문에 대한 해답을 찾아 가면
서 우리는 이 세 작품은 물론 카프카 문학의 전반을 이해하
고, 감상하는 열쇠를 찾을 수 있을 것이다.

「선고」는 카프카의 단편 중 최고의 작품으로 꼽힌다. 하룻밤에 완성했다는 이 작품은 '프란츠 카프카의 이야기'라는 부제가 말해 주듯 카프카 자신의 삶이 직접적으로 녹아들어 있다고 인정받고 있다. 그 대표적인 측면이 바로 작품에 서술된 아버지와 아들의 관계이다. 카프카에게 그의 아버지는 모든 사물과 사건의 가치를 평가하는 기준점이고 잣대였다. 마찬가지로 이 작품에서 아버지는 가부장적 세계 질서의 화신처럼 등장한다. 그런 아버지 밑에서 아들 게오르크는 자기 생각을 펼칠 수 없었다. 그러나 순종을 통해 보수적 가치를 보조하던 어머니가 죽음으로로써 아버지는 적어도 표면적으로는 힘을 잃고 빛이 흐릿한 방에 갇히게 된다. 또한 아들의 눈에는 거의 망령 난 소시민에 불과하다. 그런 상황에서 아들은 아버지의 그늘을 벗어나 사업을 일구고 새로 이사 온 유복한 가정의 처녀와 결혼하려고 한다. 이는 보수와 진보의 충돌로, 전통과 혁신의 다툼으로, 전근대적 질서와 새로운 자본주의적 흐름의 갈등으로 이해할 수 있다. 아들은 아버지를 침대에 눕히고 모든 것이 잘되어 간다고 느끼지만 이불을 집어 던지고 벌떡 일어선 아버지는 다시 거인이 되어 있다. 아버지는 어머니가 준 힘, 러시아에서 장사를 하면서 혁명의 그늘에 가려 실패한 친구가 준 그 응집된 전통의 힘, 과거의 힘으로 마지막 선고를 내린다. "물에 빠져 죽어라." 이렇게 순교를 명령한 〈죽어 가는 신〉 역시 마지막 힘을 다하고 침대에 쓰러진다. 그리고 아들은 피할 수 없는 순교의 명령을 받은 예수처럼 물로 뛰어내린다. 이렇게 시대의 변화 속에서 두 세력이 충돌하고 거기서 많은 가치가 파괴되기도 하지만, 다리 위를 지나는 교통 행렬처럼 시대의 흐름은 지속한다. 결국 이 작품에서 아들은 과거의 질서를 벗어나 새로운 세계로 진입을 시도하지만 실패하고, 결국 명령받은 순교를 통해 시대의 상처를 안고 가는 형상이라고 해석할 수 있다.

「화부」는 1912년 가을, 「선고」와 거의 비슷한 시기에 쓰인 작품으로 독립된 작품으로 출간되기도 했지만, 본래 장편의 첫 장으로 계획된 글로서 1925년 장편 『아메리카』의 첫 장으로 재출간된다. 하지만 카프카는 이 작품을 언제나 완결된 이야기로 보았다.

「선고」에서 물에 빠져 죽은 게오르크는 「화부」에서 카를 로스만으로 부활하여 새로운 세계의 전형인 미국으로 향한다. 자유의 여신상으로 상징된 미국은 새로운 가능성과 합리주의와 자본주의가 지배하고 삶의 치열한 경쟁이 있는 나라다. 유럽에서 부모에 의해 쫓겨난 카를이 우연히 화부를 만나는 것은 신세계에 적극적으로 참여할 수 있는 계기가 된다. 화부를 변호하고 공정한 심판을 요구하면서 카를은 자신의 존재를 찾아가려 했지만, 이번에도 그의 시도는 실패로 끝나고 만다. 외삼촌을 만나게 되기 때문이다. 외삼촌은 보수적인 유럽을 떠나 신세계의 가능성 속에 커다란 성공을 이룬 상원 의원이자 사업가가 되었다. 그런 그가 카를을 찾으면서 카를의 존재는 가정부에게 유혹당하고, 그 결과로 쫓겨나고, 결국 외삼촌의 그늘에서 보호받아야 하는 미약하고 힘없는 존재로 축소된다. 마지막까지 화부의 일을 해결해 보려고 애써 보지만 카를이 할 수 있는 일은 하나도 없다. 이제 카를은 현실에 그대로 굴복하고 마는 화부를 뒤로하고 출렁출렁 흔들리는 시대의 파도를 타고 넘으며 신세계로 들어선다.

1915년 출간된 「변신」에서 「화부」의 카를 로스만은 쉴 새 없이 돌아가는 산업과 자본주의의 톱니바퀴 속에서 가족과 사랑이라는 인간의 본질적 가치를 지키기 위해 헌신하는 그레고르 잠자로 변신한다. 그레고르는 벌레로 변한 것보다는 자명종 소리를 듣지 못하고 늦잠을 잔 것에 더욱 놀란다. 그레고르의 변신은 그에게 희생을 강요하는 가족과 시대적 현실에 대한 존재의 무의식적 저항이다. 그런 저항 속에서도 그의 의식은 가족과 현실에 대한 의무감에 구속되어 있다.

「화부」에서 양육비를 이유로 아들을 내쫓은 가족은 「변신」에서도 부지불식간에 그레고르의 희생을 강요하는 생활을 한다. 살이 쪄서 움직이기도 힘든 아버지는 무능력하게 침대에서 뒹굴고, 어머니는 천식으로 산보조차도 힘들다. 누이동생은 아무 어려움 없이 아이로서의 즐거운 생활을 누린다. 그레고르의 변신은 이런 가족들을 변화시킨다. 아이 역할에 그쳤던 누이동생은 그레고르를 돌보면서 가족 속에서 중요한 역할을 하는 인물로 자리 잡고 마지막엔 성숙한 처녀가 된다. 끝까지 전통적인 어머니상을 보여 주는 어머니까지도 역시 경제 활동에 뛰어드는 것은 마찬가지이다. 아버지의 변신은 더더욱 극적이다. 그레고르의 몰락을 통해 아버지는 「선고」의 가부장적인 지배자의 형상을 순간 회복한다. 이제 가족들은 지금까지 희생해 온 그레고르를 무거운 짐으로 여길 뿐이다. 그레고르는 결국 자신의 모습을 되찾지 못하고 죽는다. 그에게 필요한 가족의 사랑도, 사회의 관심도 얻지 못했기 때문이다. 그러나 가족들은 그레고르의 변신과 순교를 통해 새로운 시대를 살아가는 화목한 가정으로 거듭난다.

세 작품의 줄거리가 전개되는 장소는 존재의 위기, 갇힘, 탈출, 낯선 공간으로 내던져짐 등의 실존적 느낌을 강하게 풍긴다. 세 작품의 아들들은 그런 상황에서 자기 존재를 찾기 위해 아버지를 이불로 덮고, 화부의 일에 적극 참여하고, 벌레로 변신한다. 그렇지만 그들은 모두 실패한다. 그들 세 아들은 시대의 변화 속에서 파괴되는 개인의 모습이고, 자신들의 실패와 순교를 통해 새로운 시대를 부르고 또 경종을 울려 주는 형상이다. 물론 그들이 외쳐 대는 비명 소리는 버스 소리에 감추어지고, 새로운 권력에 흡수되고, 푸줏간 조수에 의해 깨끗이 처리되어 쉽게 들을 수 없다. 그것을 보는 것은 맑은 눈과 깨어 있는 마음을 가진 독자의 몫이다.

역자 후기

‡

문학 작품을 읽는 가장 커다란 목적은 재미를 느끼기 위함이다. 그러나 무엇이 재미있고 재미없느냐 하는 것은 문학 작품을 읽는 이유를 밝히는 것보다 더욱 어려운 문제이다.

문학 작품이 재미있느냐 혹은 어떤 식의 재미가 있느냐 하는 것은 작가의 의도보다는 주로 독자에게 달려 있다. 문학 작품을 읽으면서 얻는 진정한 즐거움은 작품의 줄거리를 따라가면서 얻는 수동적인 쾌락이 아니라, 일차적으로 작가의 의도를 받아들이려 애쓰고, 다음엔 자기 나름의 상상력과 지식을 바탕으로 자기만의 그림을 만들어 가고, 그 그림을 바탕으로 자기가 발견한 작가의 의도를 비판하고, 독자들 각자의 그림들을 서로 비교해 가면서, 결국 각자가 그려 내는 그림의 폭과 깊이를 넓혀 가는 적극적이고 능동적인 즐거움이다.

여기 소개한 카프카의 세 작품 역시 다르지 않다. 난해한

면이 있어 이해하기 힘들 수도 있지만, 상상력을 발휘하고 작
품과 시대에 대해 비판적 자세를 유지한다면 결코 과거의 난
해한 작품에 그치지 않을 것이다. 오히려 현재 우리 시대의
흐름을 다시 한번 되돌아보고 그 흐름 속에 살아가는 우리
의 존재를 가치 있게 해 주는 재미있는 작품들로 읽을 수 있
다. 독자 여러분이 카프카를 우리 시대, 한국 땅에 되살려 놓
고 그와 대화하고 논쟁을 벌이는 재미있는 시간을 가져 보
기 바란다.

카프카는 여기 소개한 세 단편 작품을 『아들』이라는 제목
으로 함께 묶어 출간하려는 의도가 있었다. 이 책을 통해 카
프카의 그런 의도를 멀리 한국 땅에서 그것도 한참 미래에
실현해 준 듯하여 어쩐지 뿌듯하다. 카프카 본인은 좋아할는
지 싫어할는지 알 수 없지만……